Djaïli Amadou Amal

Die ungeduldigen Frauen

Die ungeduldigen Frauen wurde für den Deutschen Jugendliteraturpreis nominiert.

Djaïli Amadou Amal

Die ungeduldigen Frauen

Roman

Aus dem Französischen
von Ela zum Winkel

GULLIVER

Ebenfalls lieferbar:
»Die ungeduldigen Frauen« im Unterricht
in der Reihe *Lesen – Verstehen – Lernen*
ISBN 978-3-407-82433-2
Beltz Medien-Service; Postfach 10 05 65, 69445 Weinheim
Download: www.beltz.de/lehrer

MIX
Papier aus verantwortungsvollen Quellen
FSC® C089473
FSC
www.fsc.org

Klimaneutral
Papier
ClimatePartner.com/13732-1910-1001

Dieses Buch ist erhältlich als:
ISBN 978-3-407-81348-0 Print

Deutsche Originalausgabe
Orlanda Verlag GmbH, Berlin © 2022
Die französische Originalausgabe erschien 2020 bei Emmanuelle Collas
Übersetzung: Ela zum Winkel
Umschlaggestaltung: Cornelia Niere
nach einer Vorlage von Reinhard Binder
Umschlagfotos: © Alamy, adobe stock
Autorinnenfoto: © Bruno Fert
Druck und Bindung: Beltz Grafische Betriebe, Bad Langensalza
Beltz Grafische Betriebe ist ein klimaneutrales Unternehmen
(ID 15985-2104-100).
Printed in Germany
1 2 3 4 5 28 27 26 25 24

Weitere Informationen zu unseren Autor:innen und Titeln
finden Sie unter: www.beltz.de

Diese Geschichte ist eine Fiktion nach wahren Begebenheiten.

Munyal defan hayre.
»Geduld kocht Stein.«
Fulbisches Sprichwort

Meinem Mann Hamadou Baba
und all unseren Kindern
Liebe und Zärtlichkeit

Ramla

»Ein Herz ist so groß
wie seine Geduld.«
Arabisches Sprichwort

1

»Geduld, meine Töchter! *Munyal!* Das ist alles, was zählt: in der Ehe wie im Leben. Das ist, was wirklich zählt: in unserer Religion, unseren Bräuchen, unserem *pulaaku*. Geduld soll von nun an euer Leben bestimmen. Schreibt euch das ins Herz, wiederholt es immer wieder im Geiste! *Munyal* – vergesst das nie!«, mahnt mein Vater.

Ich halte den Kopf gesenkt, alle möglichen Gefühle stürmen auf mich ein. Meine Tanten haben Hindou und mich in die Wohnung unseres Vaters gebracht. Draußen ist der Wirbel um unsere Doppelhochzeit schon in vollem Gange. Die Autos stehen bereit. Die Familien der Bräutigame warten ungeduldig. Die Kinder sind von der festlichen Atmosphäre ganz aufgekratzt, kreischend tanzen sie um die Fahrzeuge herum. Unsere Freundinnen und jüngeren Schwestern stehen dicht bei uns, ohne etwas von unserer Angst mitzubekommen. Sie beneiden uns und träumen davon, eines Tages selbst im Mittelpunkt einer solchen Feier zu stehen. Die Griots sind da, Lauten- und Trommelspieler begleiten sie. Lauthals singen sie Loblieder auf die Familie und die neuen Schwiegersöhne.

Mein Vater sitzt auf seinem Lieblingssofa. In aller Ruhe nippt er an seinem Nelkentee. Auch meine Onkel Hayatou und Oumarou sind da, ein paar enge Freunde haben sich um sie herum versammelt. Die Männer haben die Aufgabe, uns letzte Ratschläge mit auf den Weg zu geben, aufzuzählen, welche Pflichten uns als Ehefrauen erwarten, und uns schließlich zu verabschieden – natürlich nicht, ohne uns vorher ihren Segen erteilt zu haben!

»*Munyal*, meine Töchter, denn Geduld ist eine Tugend. Gott liebt die Geduldigen«, bekräftigt mein Vater unbeirrt. »Mit diesem Tag habe ich meine Pflicht als euer Vater erfüllt. Ich habe euch aufgezogen und in unseren Sitten unterwiesen und übergebe euch heute verantwortungsbewussten Männern. Ihr seid jetzt große Mädchen – nein, Frauen! Ihr seid nun verheiratet und schuldet euren Männern Respekt und Achtung.«

Ich prüfe, ob mein Umhang richtig fällt. Es ist eine prachtvolle *alkibbare*. Zu Füßen unseres Vaters sitze ich neben meiner Schwester Hindou auf dem türkischen Teppich, dessen leuchtendes Rot im Kontrast zu unseren dunklen Kleidern steht. Um uns herum stehen unsere Tanten, die zu unseren großen *kamo* ernannt wurden und damit unsere Brautjungfern sind. Wie bei jeder Hochzeit gelingt es Goggo Nenné, Goggo Diya und ihrem ganzen Gefolge auch diesmal kaum, ihre Emotionen zu beherrschen. Ihr Schniefen tönt durch das Schweigen. Die Tränen haben tiefe Furchen auf ihren faltigen Wangen hinterlassen. Ihre verweinten Augen sind mit Stolz erfüllt. Durch uns lebt die Erinnerung an ihre eigene Hochzeit wieder auf. Auch sie wurden für den großen Abschied zum Vater geschickt, auch sie haben dieselben Ratschläge erhalten, die von Generation zu Generation an jede frisch verheiratete Braut weitergegeben werden.

»*Munyal*, meine Töchter!«, sagt mein Onkel Hayatou. Er macht eine kurze Pause, räuspert sich, dann zählt er ernst auf:

»Verrichtet eure fünf Gebete am Tag.

Lest den Koran, und eure Familie wird gesegnet sein.

Fürchtet euren Gott.

Seid eurem Mann untertan.

Hütet euren Geist vor Ablenkung.

Seid eurem Mann eine Sklavin und er wird euch ein Gefangener sein.

Seid ihm die Erde und er wird euch der Himmel sein.

Seid ihm der Acker und er wird euch der Regen sein.
Seid ihm ein Bett und er wird euch ein Heim sein.
Seid nicht trotzig.
Schätzt jedes Geschenk und weist nie eines zurück.
Seid nicht jähzornig.
Seid nicht geschwätzig.
Seid nicht nachlässig.
Bittet um nichts und verlangt nach nichts.
Seid zurückhaltend.
Seid dankbar.
Seid geduldig.
Seid unaufdringlich.
Lobt euren Mann, damit er euch achtet.
Respektiert seine Familie und ordnet euch ihr unter, damit sie euch unterstützt.
Helft eurem Mann.
Erhaltet seinen Reichtum.
Erhaltet seine Würde.
Erhaltet seinen Appetit.
Nie soll er Hunger leiden wegen eurer Faulheit, eurer schlechten Laune oder eurer schlechten Küche.
Achtet darauf, was er sieht, hört und riecht.
Nie sollen seine Augen Schmutziges in eurem Essen oder eurem Haus vorfinden.
Nie sollen seine Ohren Obszönes oder Beleidigendes aus eurem Mund vernehmen.
Nie soll seine Nase Gestank an eurem Körper oder in eurem Haus riechen müssen, sondern nur Parfüm und Weihrauch atmen.«

Seine Worte dringen mir ins Bewusstsein. Mir wird klar, dass ich gerade wirklich erlebe, was die letzten Tage noch ein Albtraum war – und es bricht mir das Herz.

Bis zum letzten Augenblick hatte ich naiv auf ein Wunder gehofft, das mich vor diesem Unheil bewahren würde. Stumme, ohnmächtige Wut überkommt mich. Der Drang, alles kaputtzuschlagen, zu schreien, zu brüllen. Meine Schwester kann ihre Tränen nicht länger zurückhalten und weint. Sie ringt nach Luft. Ich taste nach ihrer Hand und drücke sie, um sie zu trösten. Ihre Verzweiflung gibt mir das Gefühl, stark zu sein, trotz meines eigenen Schmerzes. Jetzt, da ich sie verlassen muss, fühle ich mich Hindou plötzlich näher.

»Nie sollen eure Verwandten erfahren, was nicht gut läuft in eurer Ehe, behaltet eure Ehestreitigkeiten für euch, stiftet keinen Unfrieden zwischen euren Familien, denn ihr werdet euch versöhnen, während der Hass, den ihr sät, Wurzeln schlagen wird«, fügt Onkel Hayatou noch hinzu.

Nach kurzem Schweigen fährt mein Vater in unverändert ernstem, herrischem Tonfall fort:

»Von nun an gehört ihr euren Ehemännern, ihnen gebührt absolute Unterwerfung, so will es Allah. Ohne Erlaubnis eures Mannes dürft ihr das Haus nicht verlassen, nicht einmal, um an mein Sterbebett zu kommen! Nur so und unter dieser einen Bedingung werdet ihr gute Ehefrauen sein!«

Onkel Oumarou, der bis jetzt geschwiegen hat, ergänzt:

»Vergesst nie: Um ihrem Ehemann zu gefallen, muss eine Frau immer ihr bestes Parfüm auflegen, ihre schönsten Kleider anziehen und ihren Schmuck tragen – und noch viel mehr! Das Paradies einer Frau liegt zu Füßen ihres Mannes.«

Er hält kurz inne, als wolle er uns Zeit lassen, in uns zu gehen und über das Gesagte nachzudenken, dann wendet er sich an seinen jüngeren Bruder:

»Hayatou, sprich das *duʿāʾ*. Möge Allah ihnen Glück schenken und ihre Familie mit vielen Kindern und mit *baraka* segnen. Möge Allah jedem Vater das Glück schenken, seine Tochter zu verheiraten!«

»*Amin!*«, antwortet mein Vater. Dann wendet er sich an meine Tanten: »Geht jetzt. Die Autos warten schon.«

Goggo Nenné stößt mich in die Rippen. Mit erstickter Stimme bedanke ich mich erst bei meinem Vater, dann bei meinen Onkeln. Zur allgemeinen Überraschung wirft sich Hindou plötzlich unter Tränen vor die Füße unseres entgeisterten Vaters und fleht ihn an:

»Bitte, Baaba, hör mich an: Ich will ihn nicht heiraten! Bitte, lass mich hierbleiben.«

»Was redest du da, Hindou?«

»Ich liebe Moubarak nicht!«, sagt sie und weint noch heftiger. »Ich will ihn nicht heiraten.«

Mein Vater würdigt das zu seinen Füßen kauernde Mädchen kaum eines Blickes. Er dreht sich zu mir und befiehlt mit ruhiger Stimme:

»Geht jetzt! Möge Allah ihnen Glück schenken.«

Das war's. Das ist der Abschied von meinem Vater, den ich wohl frühestens in einem Jahr wiedersehen werde – sofern alles normal läuft.

Trotz der Distanz, die schon immer zwischen uns geherrscht hat, hätte ich mir in diesem Moment gewünscht, er würde mit mir sprechen, mir sagen, dass ich ihm fehlen werde. Ich hätte gehofft, er würde mir seine Liebe versichern, mir zuflüstern, ich würde immer sein kleines Mädchen und dieses Haus immer mein Zuhause bleiben, in dem ich immer willkommen sei. Aber ich weiß, im echten Leben ist so etwas nicht möglich. Wir sind hier nicht in einer dieser ausländischen Seifenopern, die uns als Jugendliche träumen ließen, und auch nicht in einem der Kitschromane, die uns früher so begeisterten. Wir sind weder die ersten noch die letzten Mädchen, die mein Vater und meine Onkel verheiraten werden. Im Gegenteil: Sie sind eher froh, ihre Pflicht so reibungslos erfüllt zu haben. Sie warten schon seit unserer

Kindheit auf den Augenblick, in dem sie ihre Verantwortung endlich abgeben und uns als Jungfrauen einem anderen Mann übergeben können.

Meine Tanten drängen uns nach draußen, wir sind von Kopf bis Fuß verschleiert. Im großen Hof warten so viele Frauen auf uns, dass mir Hindous Hand entgleitet. Ich kann ihr nicht einmal ein letztes Wort sagen, schon werde ich unter den Youyou-Rufen der Frauen zum Auto geführt. Ein letzter Blick, und ich sehe sie verzweifelt und in Tränen aufgelöst. Rücksichtslos schiebt man sie ins andere Auto.

2

Die ganze Fahrt über begleiten mich Jubelrufe, so will es das Ritual. Der luxuriöse schwarze Mercedes, in dem ich sitze, führt den Korso an, Dutzende hupende Autos folgen ihm nach. Der Hochzeitskonvoi dreht eine Runde durch die ganze Stadt, dann kommt er vor einer wunderschönen, bunt erleuchteten Hofanlage zum Stehen. Die Trommelschläge, der Gesang der Griots, die Youyou-Rufe der Frauen und der überdrehten Kinder – all das erzeugt eine kaum erträgliche Kakophonie.

Eine Stunde später empfängt mich meine Mitfrau. Durch meinen Schleier hindurch mustere ich sie. Anders, als ich es erwartet hatte, ist sie noch jung, vielleicht dreißig, und strahlend schön.

Ich würde sie gerne zu meiner Verbündeten machen, doch die Art, wie sie mich ansieht, zerstört diese Hoffnung im Keim. Noch bevor sie mich kennengelernt hat, scheint sie mich schon zu hassen. Auch sie wird von Frauen ihrer Familie begleitet, die anstandshalber ein Lächeln aufgesetzt haben.

Die beiden Lager nehmen sich unter die Lupe, beäugen einander in einem stummen Duell, über dem der süßliche Duft der Heuchelei liegt.

Meine Mitfrau ist wie eine Braut geschmückt. Mit einem glänzenden Pagne, schön geflochtenen Zöpfen und kunstvollen Henna-Tätowierungen auf Händen und Füßen. Doch ich merke, wie schwer es ihr fällt, Ruhe zu bewahren. Das dünne Lächeln auf ihren Lippen täuscht nicht über ihre traurigen Augen hinweg. Sie sei in ein Loch gestürzt, als sie von der Hochzeit erfahren habe, erzählt man sich, tagelang habe sie nur geweint. Vermutlich hat sie sich mit Hilfe ihrer Familie wieder gefangen oder vielleicht hat sie auch einfach eingesehen, dass ihr Mann sich von nichts und niemandem von seinen Heiratsplänen abbringen lassen würde, über die sich schon die ganze Stadt das Maul zerriss.

Ihre Augen tasten mich ab und durchbohren mich. Unsere Blicke treffen sich. Und der Hass, den ich in ihrem Blick lese, lässt mich meinen zu Boden richten.

Meine älteste Schwägerin, die von den anderen Frauen besonders respektiert wird, wendet sich an meine Mitfrau:

»Meine liebe Safira, das ist die neue Braut, deine *amariya*, deine kleine Schwester, die Jüngere, deine Tochter. Sie heißt Ramla. Ihre Familie gibt sie in deine Obhut. Von nun an ist es an dir, ihr zur Seite zu stehen, ihr Ratschläge zu erteilen und zu erklären, wie der Alltag im Haus geregelt ist. Du bist die Erstfrau, die *daada-saaré*. Und wie du weißt, leitet die *daada-saaré* den Haushalt und wacht über die Harmonie im Haus.

Daada-saaré, du wirst auch die Leidtragende des Hauses sein. Du wirst immer die *daada-saaré* sein, selbst wenn er noch zehn Weitere heiratet. Und deshalb: *munyal*, nur Geduld! Denn für alles hier bist du verantwortlich. Du hältst das Haus zusammen. Du musst dich anstrengen, du musst unermüdlich und versöhnlich sein. Dazu musst du dir Selbstbeherrschung zu eigen machen, du darfst sie nie verlieren. *Munyal!* Du, Safira, bist die *daada-saaré, jiddere-saaré*, die Mutter, Herrin und Leidtragende des Hauses! *Munyal, munyal* …«

Dann wendet sie sich an mich:

»Ramla, du bist nun Safiras kleine Schwester, ihre Tochter, und sie ist deine Mutter. Du schuldest ihr Gehorsam und Respekt. Vertraue dich ihr an, bitte sie um Rat, führe aus, was sie dir aufträgt. Du bist die Jüngere. Triff keine Entscheidungen zur Organisation des Hauses ohne das Einverständnis deiner *daada-saaré*. Sie ist die Hausherrin. Du bist nur ihre kleine Schwester. Auf dich warten undankbare Aufgaben. Absoluter Gehorsam, Geduld, wenn sie wütend ist, Respekt! *Munyal, munyal* ...«

Wir hören schweigend zu und nicken bloß. Dann zieht sich Safira zurück, begleitet von ihrer Familie. Auch meine Verwandten bleiben nicht länger. Nur die Frauen, die der Tradition entsprechend ausgewählt wurden, um mich während der ersten Tage meiner Ehe zu unterstützen, bleiben noch da. Sie richten sich in meiner neuen Wohnung ein, direkt gegenüber der meiner Mitfrau. Goggo Nenné darf mich ins Brautzimmer führen.

3

Ich bin in einem fulbischen Haus aufgewachsen, in einer der vielen stattlichen Hofanlagen Marouas, im Norden Kameruns. Mein Vater, Alhadji Boubakari, gehört zur Generation der sesshaft gewordenen Fulbe, die ihr Heimatdorf verlassen, sich in der Stadt niedergelassen und somit ihr Tätigkeitsfeld erweitert haben. Inzwischen ist er, wie auch seine Brüder, Geschäftsmann. Dennoch betreibt er in Danki, seinem Heimatdorf, immer noch eine Rinderzucht: Er hat die Tiere ein paar Hirten anvertraut, die nach wie vor mit der Herde herumziehen. Denn ohne Rind kein Pullo. Meine Familie ist da keine Ausnahme.

Mein Vater ist ein agiler, schöner Mann Anfang sechzig. Er bewahrt in jeder Situation die Würde und ist immer tadellos gekleidet, mit einer gestärkten *gandoura* und einer dazu passenden Kopfbedeckung.

Die Tradition gebietet in der Beziehung zwischen Eltern und Kindern so viel Zurückhaltung, dass es unmöglich ist, Gefühle offen zu zeigen. Das erklärt, warum wir keine enge Verbindung zu ihm haben. Der einzige Beweis, den ich für seine Liebe habe, ist die Tatsache, dass es mich gibt. Ich weiß nicht, ob mein Vater mich je auf dem Arm getragen oder an der Hand gehalten hat. Zu seinen Töchtern hat er immer eine unüberwindbare Distanz gewahrt. Und es ist mir nie in den Sinn gekommen, darüber zu klagen. So war es einfach, anders konnte es nicht sein. Nur meine Brüder durften meinen Vater öfter sehen, ihn in seiner Wohnung aufsuchen, mit ihm essen und ihn manchmal sogar auf den Markt oder in die Moschee begleiten. Allerdings war es ihnen nicht erlaubt, sich über längere Zeit in den Innenräumen der Hofanlage aufzuhalten, denn diese blieben den Frauen vorbehalten. Die muslimische Gesellschaft weist jedem seinen genauen Platz zu.

Wir sind eine vielköpfige Familie. Mein Vater führt sie mit strenger Hand. Vier Frauen haben ihm um die dreißig Kinder geschenkt, von denen die ältesten, hauptsächlich Mädchen, verheiratet sind. Da Baaba Konflikte nicht leiden kann, hüten sich seine Frauen davor, ihm von den kleinen Zwischenfällen und Streitigkeiten zu berichten, die jeder polygame Haushalt unweigerlich mit sich bringt. Nach außen hin wirkt unsere große Familie harmonisch und friedlich.

Wir wohnen in dem, was man im nördlichen Kamerun eine *concession* nennt. Hohe Mauern umschließen das Grundstück meines Vaters und versperren den Blick nach innen. Besucher dürfen hier nicht hinein: Sie werden am Eingang in einem Vestibül empfangen, das nach der fulbischen Tradition der Gastfreundschaft *zawleru* genannt wird. Dahinter erstreckt sich ein riesiges Areal mit mehreren Häusern: Zuerst die imposante Villa meines Vaters, des Familienoberhaupts, dann der *hangar*, eine Art Arkadenhof, in dem wir Gäste empfangen, und schließlich die Wohnungen der Frauen, die von den Männern nicht betreten werden dürfen. Wenn eine Frau mit ihrem Mann sprechen will, muss sie das über diejenige Mitfrau machen, die gerade an der Reihe ist.

Meine fünf Onkel wohnen im selben Viertel. Denn uns gehört nicht nur eine, sondern sechs solcher Wohnanlagen. Zählt man zu den etwa dreißig Kindern meines Vaters die der ganzen Familie dazu, sind wir insgesamt bestimmt über achtzig Kinder. Wir Mädchen leben bei unseren jeweiligen Müttern, während unsere Brüder noch vor der Pubertät aus den Wohnungen der Frauen ausziehen und eigene Zimmer bekommen. Und natürlich ist der

Kontakt zwischen Mädchen und Jungen auf flüchtige Begegnungen beschränkt, sie sprechen kaum miteinander.

Mit ihrem leicht gebräunten Teint, ihren haselnussbraunen Augen, ihren weichen, bis auf einzelne graue Strähnen tiefschwarzen Haaren, die ihr in langen, regelmäßig neu geflochtenen Zöpfen auf die Schultern fallen, ist meine Mutter trotz eines Dutzends Schwangerschaften noch immer eine sehr schöne Frau. Mit gerade einmal fünfzig Jahren betont sie die runden Formen ihres Körpers geschmackvoll mit leuchtend bunt bedruckten Pagnes und schwingt bei jedem Schritt mit bewegender Sinnlichkeit die Hüften. Sie ist die erste Frau meines Vaters und ihm gänzlich untergeordnet. Wenn er sich wieder einmal eine neue Frau nimmt, wünscht sie ihm scheinheilig alles Glück der Welt und hofft heimlich, die Neue möge nicht lange durchhalten. Wenn er eine verstößt, heuchelt sie Mitgefühl und kümmert sich mit vorbildlicher Fürsorge um die Kinder der Unglücklichen. Unter den Frauen der Familie genießt sie hohes Ansehen. Mein Vater sieht sie als seinen Glücksbringer. Seit sie verheiratet sind, laufen seine Geschäfte besser. Eigentlich besagt der Volksglaube, der Wohlstand eines Mannes bemesse sich am guten Stern seiner Frau, doch die Anerkennung, die sie genießt, bewahrt sie nicht vor der Streitsucht ihres Mannes und verschafft ihr auch keine bevorzugte Behandlung. Nur durch ihre Geduld konnte sie ihre Position behaupten. Sie besitzt die vorteilhafte Eigenschaft, alles schweigend hinzunehmen, alles zu ertragen und vor allem alles zu vergessen – oder zumindest so zu tun.

Aber in Wirklichkeit nagt die Verbitterung an meiner Mutter. Sie ist zunehmend frustriert und hat das quälende Gefühl, gescheitert zu sein. Es fällt ihr immer schwerer, die Streitereien und Boshaftigkeiten im Haus zu ertragen. Der Reihe nach beschuldigt sie ihre drei Mitfrauen und deren dreiste, unverschämte Kinder, sie bald ins Grab zu bringen. Sie klagt über die Arbeitslosigkeit ihrer älteren Kinder und über die schlechten Ehen ihrer Töchter, für die sie insgeheim ihren Mann verantwortlich macht. Sie findet ihn ungerecht, würde es aber nie riskieren, verstoßen zu werden. Sicherheit geht vor!

4

Aber ich bin anders. Das war ich schon immer. Für meine Mutter bin ich wie von einem anderen Stern. Während meine Schwestern immer fast in Ohnmacht fielen, wenn der Geschäftsleiter unseres Vaters wie jedes Jahr schöne, bunte Pagnes zum Ramadanfest mitbrachte, und sie sich stritten und einander diejenigen aus den Händen rissen, deren Farbe ihnen am besten stand, kam ich immer als Letzte dazu, griff gelangweilt nach dem Kleid, das niemand haben wollte, und vertiefte mich wieder in meine Bücher. Während meine Schwestern sich nicht gegen meinen Vater auflehnten, ihre Ausbildung so früh wie möglich abbrachen und in die Ehe mit einem Mann einwilligten, die er oder einer meiner Onkel für sie ausgewählt hatte, weil sie eher an den materiellen Aspekten einer Ehe, den Geschenken und der Einrichtung ihres zukünftigen Zuhauses interessiert waren, bestand ich darauf, zur Schule zu gehen.

Wenn ich den Frauen in meiner Familie erklärte, ich wolle Apothekerin werden, brachen sie in schallendes Gelächter aus. Sie nannten mich eine Verrückte und schwärmten von den Vorteilen der Ehe und eines Lebens als Hausfrau.

Wenn ich noch dazu verkündete, eine Frau könne sich auch dadurch entfalten, dass sie einen Beruf ausübt, selbst Auto fährt und ihr Vermögen allein verwaltet, schnitten sie mir brüsk das Wort ab und rieten mir, auf den Boden der Tatsachen und in die Wirklichkeit zurückzukehren.

Für sie war es das höchste Glück, mit einem reichen Mann verheiratet zu sein, der ihnen ein sorgenfreies Leben bot und

Kleider, Schmuck sowie ein Haus voller Nippes und, ja, Angestellter schenkte. Ein bequemes Leben, das sie in den vier Wänden eines schönen Zuhauses verbringen konnten. Eine gelungene Ehe erkannte man an der Menge des Goldschmucks, den man bei jeder festlichen Gelegenheit zur Schau stellte. Ob eine Frau glücklich war, erkannte man daran, wie oft sie nach Mekka oder Dubai reiste, wie viele Kinder sie hatte und wie luxuriös ihr Haus eingerichtet war. Ein guter Ehemann war nicht einer, der sie wertschätzte, sondern einer, der sie beschützte und großzügig beschenkte. Dass es anders sein könnte, war undenkbar.

Zum großen Bedauern meiner Mutter, nach deren Ansicht für eine Frau nur die Ehe in Betracht kam, und zur völligen Gleichgültigkeit meines Vaters, der von unserem Alltag nie etwas mitbekam, erwies ich mich als sehr begabt.

Ein Angestellter meines Vaters kümmerte sich um die Ausbildung von uns Kindern – oder zumindest von denjenigen, deren Mütter umsichtig und offen genug waren, um ihn damit zu betrauen. Doch »kümmern« ist zu viel gesagt. Er begnügte sich damit, die Kleinen in der Schule anzumelden und uns das nötige Unterrichtsmaterial zu beschaffen. Ob wir in die nächste Klasse versetzt wurden oder sitzenblieben, war ihm wie auch dem Rest der Familie völlig egal. Nur die letzte Eroberung meines Vaters interessierte sich dafür, denn sie war die Einzige, die auch zur Schule gegangen war.

Alle meine Geschwister hatten die Schule schon beim ersten kleinen Hindernis abgebrochen – mal war es eine schlechte Note gewesen, mal die Wiederholung einer Klassenstufe, mal der Konflikt mit einem Lehrer – und meine Eltern hatten es kommentarlos hingenommen. So war es auch allen anderen Jugendlichen in der Stadt ergangen. Die Jungen landeten als Gehilfen im Geschäft meines Vaters oder arbeiteten bei einem meiner Onkel und erlernten den Beruf des Kaufmanns. Die Mädchen dagegen blieben zu Hause, waren mit ihrem Aussehen beschäftigt, lasen den Koran und warteten geduldig darauf, dass unser Vater ihnen einen Ehemann vorschlug. Die Glücklichsten, das heißt die Hübschesten von ihnen, die entsprechend die meisten Verehrer hatten, konnten sich selbst einen aussuchen – natürlich nur, sofern er auch Baabas Anforderungen entsprach.

Ich bin siebzehn und in der letzten Gymnasialklasse der Fachrichtung Naturwissenschaft. Derzeit bin ich von meinen Schwestern die mit der höchsten Schulbildung. Nur mein Bruder Amadou verfolgt fleißig ein Studium an der Universität und weigert sich hartnäckig, ins Familiengeschäft einzusteigen. In Anbetracht der hoffnungslosen Lage tröstet sich mein Vater mit dem Gedanken, dass aus ihm ein Gelehrter, vielleicht sogar ein Beamter wird – und es doch praktisch ist, auch so einen in der Familie zu haben.

Auf jedem Gymnasium und in jeder Schule der Stadt trägt man Schuluniform, aber wie alle Musliminnen trage ich – für den Fall, dass ich auf dem Weg einem männlichen Familienmitglied begegne – darüber noch einen Pagne und ein Kopftuch, das ich beim Betreten der Schule in meiner Tasche verstaue. Seit der fünften Klasse bekomme ich mit, wie alle meine Freundinnen und Klassenkameradinnen eine nach der anderen heiraten. In der ersten Klasse waren wir noch um die fünfzig, inzwischen sind wir nur noch zehn. Aber auch für mich und die anderen ist es nur eine Frage der Zeit. Seit ich dreizehn bin, macht mir eine ganze Reihe von Verehrern den Hof. Ich entspreche dem Schönheitsideal hier bei uns. Heller, fast blasser Teint, lange, seidenweiche Haare, feine Züge. Spricht mich einer an, bitte ich ihn zu warten. Immer die gleiche Antwort, wie eine Litanei. »Ja, ich will dich heiraten, aber nicht sofort. Ich gehe ja noch zur Schule. Vielleicht in zwei, drei Jahren.«

Die Tradition verbietet es Mädchen, einen Verehrer abzuweisen. Selbst wenn man kein Interesse hat, darf man einen Mann nicht kränken.

Ihre Reaktion ist jedes Mal dieselbe:

»Zwei Jahre! Dann bist du ja 'ne alte Jungfer, Kleine! Wozu brauchst du Abitur? Ein Mädchen gehört vor allem verheiratet. Ich habe keine Zeit, zwei Jahre zu warten. Das kann nicht dein Ernst sein. Also, kann ich jetzt zu deinem Vater gehen und um deine Hand anhalten?«

»Bitte lass mir noch ein bisschen Zeit, darüber nachzudenken.«

»Ach, das sagst du doch nur, weil du mich nicht liebst!«

Ich würde am liebsten schreien: »Wie soll ich dich denn lieben? Ich kenne dich doch gar nicht! Und ich habe auch nicht die geringste Lust, dich kennenzulernen!«

Aber als wohlerzogenes Mädchen, das seinen *pulaaku* auch im Schlaf beherrscht, senke ich scheu den Blick und erwidere:

»Doch, natürlich liebe ich dich! Ich will aber trotzdem noch ein bisschen warten.«

All das macht meine Mutter jedes Mal rasend.

»Du bist doch verrückt, Ramla! Du bist krank! Wenn es das ist, was du in der Schule lernst, dann gehst du dort nicht mehr hin! Was hat mit dem schon wieder nicht gestimmt? Warum schickst du ihn weg? Was für eine Schande! Das ist ein Fluch! Du bist verhext worden, sag ich dir! So ein Unglück! Jetzt heiratet deine kleine Schwester Hindou vor dir! Mein Gott, was für eine Schande! Du hast kein Mitleid mit deiner armen Mutter. Du willst nur, dass deine Stiefmutter, Hindous Mutter, mich noch mehr verhöhnt! Ein so junger und so gut situierter Mann! Du treibst es zu weit! Wonach suchst du überhaupt? Du hast junge wie ältere Männer abgelehnt, die reichen, die Beamten – und sogar die monogamen! Ich sollte deinen Vater bitten, dass er sich um deinen Fall kümmert. Mach so weiter und du wirst dir deinen Mann nicht mehr selbst aussuchen können! Dein

Vater oder einer deiner Onkel wird das sicher gerne für dich übernehmen …«

Solche Szenen können lange dauern. Meine Mutter wird nicht müde zu jammern und versucht verzweifelt, mir ins Gewissen zu reden. Sie holt meine älteren Brüder und meine verheirateten Schwestern dazu. Sie beklagt sich bei meinen Tanten. Und diese ganze feine Gesellschaft müht sich tagelang ab, mich zur Vernunft zu bringen. Der aktuelle Kandidat ist dabei immer der mit den besten Eigenschaften. Er ist die beste Wahl für mich.

Doch eines Tages sagte ich zur allgemeinen Überraschung nicht Nein. Sein Name war Aminou. Er war der beste Freund meines Bruders Amadou. Er kam oft zu uns nach Hause. Wir hatten uns angefreundet. Er war der einzige Junge, mit dem ich reden konnte, ohne damit die Wut meiner Brüder – die sich selbst zu unseren Aufpassern ernannt hatten – auf mich zu ziehen.

Er studierte Telekommunikation in Tunesien und wollte Ingenieur werden. Als sein Vater um meine Hand anhielt, sah mein Vater keinen Grund, abzulehnen. Meine Mutter war im siebten Himmel, ich hatte keinerlei Widerstand gezeigt. Endlich! Und für mich ging ein süßer Traum in Erfüllung. Bald würden er und ich heiraten. Bald, in ein paar Jahren, würde er Ingenieur an der Universität in Tunis und ich Apothekerin sein. Wir würden glücklich sein. Weit weg von allem. Weit weg von hier!

5

Meine Träume waren nicht von Dauer. Als Onkel Hayatou meinem Vater verkündete, dass ihr wichtigster Geschäftspartner um meine Hand angehalten und er eingewilligt habe, war mein Vater nicht nur einverstanden, sondern sprach ihm auch noch seinen wärmsten Dank aus. Denn Hayatou war der reichste seiner Brüder, er sorgte für das Wohl der Familie und man respektierte ihn dafür. Nie wäre mein Vater auch nur auf die Idee gekommen, sich einer Entscheidung seines Bruders zu widersetzen. Selbst wenn es dabei um seine eigenen Kinder ging. Ich war nicht nur die Tochter meines Vaters, sondern die der ganzen Familie. Jeder meiner Onkel konnte über mich verfügen, als wäre ich sein eigenes Kind. Widerspruch war keine Option. Ich war ihrer aller Tochter. Man hatte mich in der Tradition erzogen, den Älteren Respekt zu zollen. Besser als ich selbst wussten meine Eltern, was gut für mich war.

Meine Mutter sollte mir die Nachricht überbringen. Schon im Laufe des Abends hatte ich bemerkt, dass irgendetwas sie bedrückte. Sie wartete, bis es Nacht wurde und das Haus in Dunkelheit gehüllt war, um mich vorsichtig zu wecken. Ihr konnte nicht daran gelegen sein, dass neugierige Ohren unser Gespräch mitbekamen. Ihre Mitfrauen, unerbittliche Rivalinnen, warteten schließlich nur darauf, dass sie Schwächen offenbarte. Auf keinen Fall durften sie erfahren, dass sie oder eines ihrer Kinder Sorgen hatte. Gleichzeitig durfte man ihnen keinen Anlass zur Eifersucht geben, denn sie waren imstande, den nächstbesten

Marabout aufzusuchen, um das junge Glück so bald wie möglich zu zerstören.

Ihr ernster Blick ließ mich das Schlimmste befürchten, ich stand sofort auf.

»Mutter, was ist los?«

»Nichts Schlimmes, im Gegenteil! Ich bringe gute Nachrichten! *Alhamdulillah!* Das Glück scheint auf deiner Seite zu sein. Endlich kann ich mich stolz erhobenen Kopfes zeigen, und das habe ich dir zu verdanken! Endlich ist mein Ruf gesichert. Aber ich bin nicht überrascht. Ich habe schon immer gewusst, dass dich ein außergewöhnliches Leben erwartet.«

»Was meinst du damit?«

»Dein Onkel Hayatou hat dich einem anderen Mann versprochen. Du wirst nicht Aminou heiraten. Das soll ich dir von deinem Vater ausrichten.«

»Aber wen dann?«

»Alhadji Issa! Den wichtigsten Mann der Stadt! Ein guter Tausch! Meine einzige Sorge ist, dass er schon eine Frau hat. Ich hätte mir gewünscht, dass dir die Polygamie erspart bleibt. Schließlich leide ich selbst jeden Tag darunter. Eigentlich ist es aber egal, ob schon eine Frau im Haus ist oder nicht, früher oder später kommt sowieso eine dazu. Letztlich ist es vermutlich sogar besser, schon eine anzutreffen, als auf die nächste zu warten! Eine neue löst immer Neid und Eifersucht in diesem Schlangennest aus. Ich sollte mir am besten jetzt schon überlegen, wie ich dich vor deinen heimtückischen Stiefmüttern beschützen kann.«

»Aber Diddi, ich kenne ihn doch gar nicht!«

»Er kennt dich. Anscheinend hat er sehr darauf bestanden, dich zu heiraten. Dein Vater ist sehr stolz, weißt du?«

»Aber ich liebe Aminou! Ihn will ich und keinen anderen!«

»Liebe vor der Heirat gibt es nicht, Ramla. Es wird Zeit, dass du zur Vernunft kommst. Wir sind hier nicht bei den Weißen.

Und auch nicht bei den Hindus. Verstehst du, warum dein Vater nie wollte, dass ihr diese ganzen Fernsehsender schaut? Du wirst tun, was dein Vater und deine Onkel dir sagen. Dir bleibt sowieso nichts anderes übrig. Erspar dir unnötige Probleme, mein Kind. Und erspar sie auch mir, mach dir nichts vor, jeder noch so kleine Widerstand von dir bleibt am Ende an mir hängen.«

Sie sprach noch eine Weile in diesem Ton, wischte sich ab und zu die Tränen aus den Augen, während ich hemmungslos weinte und mein Schluchzen in meinen Kleidern erstickte.

»Es bringt nichts, dich so aufzuregen. Ich sage es noch einmal: Du kannst dich glücklich schätzen und ich mich auch. Glaub mir und meiner Erfahrung als Frau! Du bist zu jung, um die Bedeutung einer solchen Bindung zu verstehen. In der Ehe sucht man nicht nur Liebe. Für eine Frau ist das Wichtigste, dass es ihr an nichts fehlt. Dass man sie beschützt und verehrt.

Nicht den Mann, sondern vor allem den Vater deiner zukünftigen Kinder solltest du in jedem potenziellen Ehemann suchen. Seine Würde, seine Familie, sein Verhalten, seinen Status. Also hör auf zu weinen und geh wieder ins Bett.

Bete lieber zu Allah. Er hat die besten Pläne für dich. Und denk daran, dass du vor den Frauen der Familie nicht den kleinsten Anflug von Enttäuschung zeigen darfst. Wenn es dein Schicksal ist, ihn zu heiraten, dann kannst du ihm nicht entkommen. Und wenn dein Schicksal ein anderes ist, dann kannst du auch daran nichts ändern. Alles liegt in den Händen des Schöpfers. Lass uns beten, dass Er nur das Beste mit dir vorhat.«

Ein paar Tage später rief mich mein Onkel Hayatou zu sich, damit ich den Mann kennenlernte, der mich offenbar am Tag der Jugend in der Schulparade gesehen und daraufhin beschlossen hatte, mich zu seiner Zweitfrau zu machen. Ungezwungen nahm er im Salon meines Onkels Platz. Er trug eine aufwendig geschmückte *gandoura*, alles an ihm strahlte Reichtum aus. Mit einem ständigen Lächeln auf den Lippen starrte er mich ungeniert an. Ich nahm so weit wie möglich entfernt am äußersten Ende des Teppichs Platz, hielt den Kopf gesenkt und blickte kein einziges Mal zu ihm auf. Trotz meiner Erziehung, die mir Zurückhaltung vorschrieb, war ich voller innerer Rebellion. Ich hatte ihn mir nicht ausgesucht! Man ließ mir nicht einmal das Recht, ihn anzunehmen oder abzulehnen! Ob er mir gefiel oder nicht, war unwichtig. Und dieses Gespräch diente ausschließlich dazu, ihn zufriedenzustellen. Damit er mich nach Lust und Laune begaffen und sich seiner flüchtigen ersten Eindrücke vergewissern konnte.

Ich hüllte mich in Schweigen und beantwortete seine Fragen nicht. Seiner Begeisterung tat das keinen Abbruch, da er selbst wie ein Wasserfall redete.

»Diese Jungs, die dir den Hof machen«, erklärte er, »sind Gauner. Sie trinken, rauchen und nehmen Drogen. An meiner Seite dagegen wirst du eine Dame sein und alles bekommen, was du willst. Da fällt mir ein: Ich werde dich dieses Jahr nach Mekka mitnehmen, und da du gebildet bist, darfst du mich auch auf meine nächste Reise nach Europa begleiten. Die Hochzeit wird bald stattfinden. Ich hätte mir einen noch früheren Termin gewünscht, aber ich verstehe, dass du erst das Schuljahr beenden möchtest. Du stehst kurz vor dem Abschluss, das ist gut! Eine Kultivierte, mit der ich mich auch bei offiziellen Anlässen zeigen kann. Du wirst mir Ehre machen, das ist wirklich gut!«

Sein Monolog zog sich in die Länge. Nach meiner Meinung fragte er nicht. Es war unvorstellbar für ihn, dass ich ihn nicht würde heiraten wollen.

Ja, undenkbar.

Welches Mädchen hätte es schon gewagt, einen so wichtigen Mann abzuweisen? Die Sache war beschlossen. Er hatte mit meinem Onkel gesprochen. Der Rest war reine Formsache.

6

Diese Wendung der Ereignisse brachte meinen Vater, dem es wichtig war, dass man zu seinem Wort stand, in Verlegenheit. Er informierte Aminous Familie.

»Das Schicksal hat anders entschieden«, erklärte er.

Er machte Aminou das großzügige Angebot, sich eine andere von seinen Töchtern auszusuchen. Zaytouna zum Beispiel! Meine Halbschwester sei nur ein paar Monate jünger als ich. Oder Jamila! Wir hätten immerhin dieselbe Mutter. Sie sei ein Jahr jünger und mir wie aus dem Gesicht geschnitten. Wie wäre es mit ihr? Oder irgendeine von den Töchtern meiner Onkel? Da gebe es noch ein gutes Dutzend zum Heiraten!

Aminou war fassungslos und außer sich vor Wut und lehnte jeden Tausch entschieden ab. Zusammen mit seinem Freund, meinem Bruder Amadou, der genauso bestürzt war wie er, bestand er darauf, unseren Vater aufzusuchen, um ihn umzustimmen.

Als dieser die jungen Männer auf sich zukommen sah, verzog er das Gesicht und herrschte sie an:

»Hör zu, Aminou. Du gehst mir seit Tagen auf die Nerven – noch dazu hilft dir mein eigener Sohn dabei. Ich habe dir gesagt, was ich zu sagen habe. Glaubst du, ich gebe nach, nur weil du dich so aufführst? Ich habe dir angeboten, dir eine andere von meinen Töchtern auszusuchen. Sag mir, welche du willst, bevor ich es mir anders überlege. Du blamierst deinen Vater und deine ganze Familie!«

»Ich will keine andere von Ihren Töchtern! Ich habe um Ramlas Hand angehalten und Sie haben sie mir versprochen! Ich habe Ihnen keinen Grund gegeben, Ihr Wort zu brechen!«

»Mein Bruder hatte sie schon einem anderen versprochen. Sag dir einfach, das Schicksal hat so entschieden.«

»Ich hatte mich mit Ramla geeinigt!«

»Ramla ist ein Mädchen. Und sie ist gut erzogen. Sie wird den heiraten, den wir für sie bestimmen.«

»Aber Baaba«, unterbrach ihn Amadou. »Die Welt hat sich verändert! Auch Mädchen haben das Recht –«

»Mach, dass du fortkommst, du unverschämter Bengel! Ich weiß, worauf du hinauswillst! Sieh dich vor, Amadou! Da stimmt was nicht in deinem Kopf, wenn du jetzt anfängst, mir mit Frauenrechten zu kommen! Wo sind deine Manieren? Deine gute Erziehung? Willst du mich etwa belehren? Noch dazu widersprichst du mir! Was für eine Dreistigkeit! Was für eine Respektlosigkeit! Verschwindet jetzt, alle beide! Schluss mit dem Unfug! Und du, Aminou, merk dir ein für alle Mal: Du wirst Ramla nicht heiraten! Vergiss sie, für immer!«

Unterstützt von ein paar Freunden liefen die jungen Männer laut protestierend durch die Straßen und skandierten, der Alte solle sich schämen, einem Jüngeren die versprochene Verlobte wegzunehmen. Sie schlugen einen solchen Krach, dass mein Onkel Hayatou wütend wurde und die Hitzköpfigsten von ihnen hinter Gitter brachte, damit sie sich wieder beruhigten. Dass Amadou sich ihm öffentlich widersetzt hatte, machte meinen Vater rasend. Da er befürchtete, die ganze Aufregung könne Alhadji Issa kränken, und er sich Sorgen darüber machte, wie sich die Dinge entwickelten, bestellte er meine Onkel Hayatou und Moussa zu sich in den Salon und forderte mich auf, mich neben meine Mutter auf den Teppich zu setzen, die er ebenfalls zu sich zitiert hatte.

Meiner Mutter war klar, dass sie kein Plauderstündchen erwartete, sie hatte solche Angst, dass sie mit fest zusammengepressten Lippen den Atem anzuhalten schien. Mein Vater, der majestätisch auf seinem Sofa thronte und gnadenlose Kälte ausstrahlte, musterte uns beide eindringlich, dann wandte er sich herablassend an meine Mutter:

»Dadiyel, ich kenne dich nicht so aufsässig. Wie kommt es, dass dein Sohn es wagt, mich vor der ganzen Stadt zu blamieren? Und deine Tochter? Angeblich erzählt sie überall herum, dass sie ihren kleinen Gauner liebt. Ich hoffe, ich irre mich, Ramla.«

Ich schwieg und senkte den Blick. Aber im Stillen fing ich an zu weinen. Er fuhr fort:

»Du wagst es, dich gegen mich aufzulehnen, du nichtsnutziges Ding? Du wagst es, meinen Bruder zu beleidigen, zum Dank für seine Großzügigkeit, weil er einen Mann für dich gefunden hat, den du nicht einmal verdienst?«, rief er, bebend vor Wut. »Das hat man davon, wenn man Mädchen zu lange auf der Schulbank lässt! Plötzlich glauben sie, dass ihnen Flügel wachsen, und mischen sich in alles ein. In der Ehe geht es nicht nur um Gefühle! Im Gegenteil! Es geht um die Vereinigung von zwei Familien. Es geht um Ehre, Verantwortung, Religion – und um noch viel mehr.«

Mein Vater hatte die größte Mühe, seine Wut im Zaum zu halten. Schließlich hatte er problemlos ein Dutzend Mädchen verheiratet. Von meinem Widerstand, so gering er auch war, war er zutiefst erschüttert. Dass mit dieser Heirat mehr als nur eine Ehe auf dem Spiel stand, machte seinen Ärger nur noch größer. Er wandte sich an meine Mutter:

»Wenn deine Tochter oder dein Sohn noch ein falsches Wort über die Lippen bringen, verstoße ich dich! Nein! Ich schwöre auf das Leben meiner hier anwesenden Brüder: Ich verstoße dich nicht ein-, sondern dreimal!* Ich denke, ich bin bis jetzt mehr als geduldig gewesen. Habe ich mich klar ausgedrückt?«

---

* Wird eine Frau dreimal verstoßen, führt das unwiderruflich zur Scheidung.

»Alhadji, ich schwöre dir, es ist wirklich nicht meine Schuld! Ich habe versucht, mit den Kindern zu reden. Sie hören einfach nicht auf mich!«

Mein Onkel, der sehr angespannt wirkte, erhob sich:

»Wenn die Kinder nicht auf ihre Mutter hören, sind sie verflucht! Ramla, wenn du auch nur ein schlechtes Wort über Alhadji Issa verlierst, werde ich dich persönlich den Anstand und die Zurückhaltung lehren, die sich für ein gut erzogenes Mädchen gehören! Du Undankbare! Hat es dir je an etwas gefehlt? Wer hat dich zur Schule geschickt? Verstehst du nicht, dass du mit deinem Verhalten und dem deiner Gaunerfreunde meinen Geschäften und denen deines Vaters schadest? Wir haben dich immer für klug gehalten! Willst du diesen Politiker so wütend machen, dass die Steuern auf uns niederprasseln? Willst du, dass uns der wichtigste Händler nicht mehr beliefert? Vielleicht ist es ja das, was du willst: uns ruinieren?«

»Nein«, entgegnete ich kaum hörbar und spürte, wie meine Überzeugungen ins Wanken gerieten.

»Dann rate ich dir, dich wie ein anständiges Mädchen zu benehmen! Ich schicke dir heute Abend meinen Angestellten, er soll dir ein paar Einrichtungskataloge bringen. Ich hoffe, dass du mithilfst und die schönsten Möbel für deinen zukünftigen Haushalt auswählst. Ich will nicht, dass du vor deiner Mitfrau schlecht dastehst. Ich schenke dir zu deiner Hochzeit alle Möbel! Du kannst jetzt gehen.«

Ich ging wortlos hinaus und ließ meine Mutter zurück, die zusammengekauert in einer Ecke saß. In meinem Rücken hörte ich meinen Vater und meinen Onkel mahnend auf sie einreden. Für jeden Fehltritt von uns Kindern würde von nun an sie geradestehen. Für mich und Amadou war das die schlimmste Art, uns zu erpressen. Schach und matt! Es war aus. Das war mir klar.

Aminou verfiel in Depressionen. Er aß nichts mehr, wusch sich nicht mehr und trug von früh bis spät eine nicht enden wollende Niedergeschlagenheit vor sich her. In der Befürchtung, sein Sohn könne den Verstand verlieren, schickte sein Vater ihn zurück nach Tunesien. Amadou dagegen riet man, ein für alle Mal den Mund zu halten, ansonsten käme er wieder hinter Gitter, und dann nicht bloß für einen Tag. Doch ohnehin hätte er niemals die Verstoßung unserer Mutter riskiert. Wir bekamen täglich mit, wie ungerecht unsere Halbbrüder behandelt wurden, deren Mütter verstoßen worden waren, und wollten unsere jüngeren Brüder keinesfalls in die gleiche Situation bringen. Es war aus. Aminou war fort. Und ich blieb allein zurück. Allein mit der Aussicht, bald einen Fremden zu heiraten. Allein mit meiner Angst. Allein mit meinen Tränen. Mir blieb nichts anderes mehr übrig, als meinen verlorenen Illusionen nachzutrauern. Meine Mutter machte kein Geheimnis mehr aus ihrem Groll auf Aminou, der nicht nur ihren Sohn vom rechten Weg abgebracht, sondern noch dazu ihrer Tochter den Kopf verdreht hatte. Sie dichtete ihm alle möglichen schlechten Eigenschaften an. Er war ein Frauenheld, und natürlich trank und rauchte er. Alhadji Issa dagegen hatte nur Gutes zu bieten. Er war reich, und ich würde alles bekommen, was ich mir nur wünschte. Er war Politiker, und ich würde respektiert und geschätzt werden. Er war älter, und ich würde ihn umso leichter manipulieren können. Er hatte schon Frau und Kinder und würde umso zuverlässiger sein. Von früh bis spät sprachen alle nur noch von meiner bevorstehenden Hochzeit. Von allen Seiten redete man auf mich ein. Nie in meinem ganzen Leben hatte ich mich so einsam gefühlt. Die Schlinge zog sich immer mehr um mich zu. Niemanden kümmerte es, ob ich glücklich war oder nicht. Es ging ihnen nur um die pompöse Zeremonie, die bei keiner richtigen Hochzeit fehlen durfte. Die Aufregung machte sich in allen Stadtvierteln breit. Ich war der neue Liebling von Maroua. Das begehrteste aller Mädchen. Es war mir gelungen, einen Mann um den Finger zu wickeln, der für seinen Reichtum, seine Strenge und seine hohen Ansprüche an Frauen berüchtigt war. Ein doppelter Erfolg, denn ich hatte es sogar geschafft, ihn, einen unverbesserlichen Monogamen, zur Polygamie zu bekehren. Und was fast noch unglaublicher war, ich hatte ihn von seiner unnachgiebigen, besitzergreifenden Frau abgelenkt, die, so erzählte man sich, eine treue Kundin bei allen Marabouts in und sogar außerhalb der Stadt war. Kurz: Man hielt mich für eine Heldin.

Wenn ich aber mit den Frauen meiner Familie allein war, sprachen sie über die Ehe wie über eine Pflicht, der man sich nicht entziehen könne. Wenn ich versehentlich doch einmal von Liebe sprach, nannten sie mich verrückt, egoistisch und kindisch und sagten, ich hätte kein Herz und keinen Sinn für Würde. Ich sei schön und hätte mich deshalb nicht selbst um einen Ehemann zu bemühen. Es sei seine Aufgabe, alles zu tun, um mich zu erobern. Meine Tante wiederholte Tag für Tag:

»Heirate nicht den, den du liebst. Wenn du glücklich sein willst, heirate den, der dich liebt!«

Niemand drohte mir mehr. Es war nun alles gesagt. Man erwartete von mir, dass ich mich würdevoll fügte und den Traditionen beugte. Ich wurde nicht einmal mehr als Problem wahrgenommen. Ich sollte einfach nur gehorchen. Nicht meinem Vater und erst recht nicht meinem Onkel wäre es in den Sinn gekommen, etwas anderes in Betracht zu ziehen. Sie hatten einfach ein Datum festgelegt. Das Datum, das mich für den Rest meines Lebens in Ketten legen sollte.

Es war Goggo Nenné, die es mir mitteilte.

Ich weinte nicht und protestierte auch nicht. Ich war innerlich schon tot. Ich hätte Glück, sagte sie lächelnd, die Liste der Verehrer, die ich abgewiesen hatte, sei lang gewesen. Es sei ja fast eine alte Jungfer aus mir geworden! Dass der Vater den Ehemann für seine Tochter aussuche, sei doch normal. So sei es bei meinen sechs älteren Schwestern gewesen, bei meinen Cousinen, bei meiner Mutter und auch bei ihr selbst, meiner Tante. Ich sei da keine Ausnahme! Wie alle anderen müsse auch ich Würde an den Tag legen. Schließlich hätte ich Glück. Man werde mir Zeit lassen, mich auf die Prüfung vorzubereiten. Man gebe mir die Chance, einen Schulabschluss zu machen, selbst wenn er mir nichts nützen würde. Immerhin würde ich stolz verkünden können, einen Abschluss zu haben. Die Hochzeit würde gleich nach der Prüfung stattfinden. Ich hätte solches Glück! Mein Vater und mein Verlobter nähmen Rücksicht auf meine Ziele. Ich hätte wirklich großes Glück, wiederholte Tante Nenné.

Das Datum meiner Hochzeit wurde auf die nächsten Schulferien festgelegt, auf denselben Tag, an dem auch die Hochzeit von Hindou und unserem Cousin Moubarak stattfinden sollte. Bis dahin durfte ich weiter die Schule besuchen und mich auf die Prüfung vorbereiten.

7

Als der Hochzeitstermin feststand, verfiel ich in Antriebslosigkeit und Schweigsamkeit, nichts und niemand konnte mich da herausholen. Ich aß nichts mehr, ich lachte nicht mehr. Ich nahm zusehends ab. Halbherzig trat ich zu meiner Prüfung an und nahm mit völliger Gleichgültigkeit zur Kenntnis, dass ich sie bestanden hatte.

Dann beginnen die Hochzeitsvorbereitungen. Auf Kosten meines Verlobten bestellt man eigens eine Frau aus dem Tschad: Als Erstes epiliert sie mich von oben bis unten mit Wachs. Morgens und abends reibt sie meinen ganzen Körper mit *dilké* ein, einer schwarzen, feuchten und intensiv duftenden Paste, die aus Kartoffeln, Reis, Öl und berauschenden Aromen hergestellt wird und wie ein Peeling wirkt. Nach einer halben Stunde Einwirkzeit massiert sie mich ausgiebig und schmiert mich mit einem nach Nelken duftenden und mit Kurkuma gelb gefärbten Pflanzenöl ein. In einem anderen Zusammenhang würde ich diese Behandlungen genießen.

Anschließend füllt die Frau glühende Kohlen in einen Behälter, bedeckt ihn mit Akazienholz und trägt mir auf, eine Stunde lang den Rauch zu inhalieren. Eingehüllt in eine warme Decke, schwitze ich wahnsinnig stark in der unerträglichen Hitze dieser improvisierten Sauna, die meine Haut zum Leuchten bringen und meinen Teint aufhellen soll. Ein aus dem Sudan über den Tschad überliefertes Ritual. Ich werde im Zimmer meiner

Mutter eingesperrt, niemand darf mich sehen. Meine Kosmetikerin ist immer gut gelaunt und macht mir andauernd Komplimente:

»Ramla, du bist eine echte Schönheit! Deine Haut wird immer zarter. Und dein Körper duftet! Sogar dein Schweiß wird noch monatelang nach Akazien- und Sandelholz duften. Du wirst sehen, Alhadji Issa wird dir nicht widerstehen können. Er wird dir alles schenken, was eine Frau sich wünschen kann. Deine Mitfrau wird es schwer haben, dir das Wasser zu reichen. Wenn sie überhaupt mutig genug ist, um zu bleiben. Ja, mein Kind, du hast richtig gehört! Trau mir und meiner Erfahrung! Du wirst ihn wie ein Spielzeugauto lenken können. Du wirst glücklich sein!«

Ich antworte nichts. Was soll ich dieser Fremden auch sagen, die mich für das achte Weltwunder zu halten scheint? Die an kein größeres Glück glaubt, als die Frau eines reichen Mannes zu werden? Wie soll ich ihr erklären, dass mir dieser Mann völlig egal ist, ohne sie zu verletzen?

Am Tag vor der Hochzeit vollendet sie ihre Arbeit, indem sie den ganzen Tag lang mit schwarzem Henna Motive auf meine Arme und Beine, die Brust und sogar meinen Rücken tätowiert. Auf meiner hellen Haut sehen die dunklen Zeichnungen hübsch aus. Natürlich versäumt sie es nicht, sie hier und da mit den Initialen meines Zukünftigen zu versehen.

Sie ist nicht die Einzige, die mich auf die Hochzeit vorbereitet, auch mein Vater beteiligt sich – auf seine Art. Für mein Bad bringt er Rinden gegen den bösen Blick, *gaadé*, um mir Charme zu verleihen, und Räucherkräuter, um mich vor den Dschinnen zu schützen. Er lässt Marabouts kommen und sie unendlich viele Koranverse auf kleine Bretter schreiben, die anschließend abgewaschen werden. Unter der strengen Aufsicht meiner Mutter trinke ich das gesegnete Wasser, das mich dem Mann, den ich nicht will, angenehm machen und mich vor der Mitfrau, die man mir aufzwingt, schützen soll.

Zwei Tage vor dem entscheidenden Datum unternehme ich einen letzten Protestversuch bei meiner Mutter, die gekommen ist, um mir Gesellschaft zu leisten:

»Diddi, wenn ihr mich zwingt, ihn zu heiraten, bring ich mich um!«

»Wenn du dich umbringst, kommst du auf direktem Weg in die Hölle, und wenn du weiter so ein Gesicht ziehst, schwöre ich, dass ich einen Herzinfarkt bekomme! Ich werde sterben und du wirst schuld sein! Wenn ich Glück habe, werde ich nur verstoßen. Ist es das, was du willst? Wenn es wenigstens nur um mich ginge! Aber was ist mit deinen kleinen Brüdern? Deinen kleinen Schwestern? Sie sind zu jung, um schutzlos in diesem Schlangennest zu überleben. Bist du bereit, sie für dein eigenes kleines Glück zu opfern? Wir schicken dich nicht in die Hölle, Ramla! Im Gegenteil! Du wirst einen Mann heiraten, bei dem es dir nie an Essen und Kleidung fehlen wird, du wirst mehr haben, als du dir erträumen kannst. Denk an deine Halbschwester Maïmouna! Ihr Mann schafft es gerade so, für das Nötigste zu sorgen, sie ist darauf angewiesen, dass euer Vater für ihr Essen und ihre Kleidung zahlt. Willst du so leben? Ich werde nie zulassen, dass du am Hungertuch nagen musst!«

»Aber Mutter, du verstehst mich nicht! Ich wollte –«

Mit einer Handbewegung bringt sie mich zum Schweigen und flüstert nun fast. Eine strenge Falte zeichnet sich auf ihrer noch glatten Stirn ab.

»Du solltest endlich begreifen, dass deine Entscheidungen nicht nur dein eigenes Leben betreffen. Mein Gott, werde doch endlich erwachsen! So ist es bei mir, bei deinen Tanten, bei allen Frauen in der Familie gewesen. Was willst du denn beweisen? Du bist schuld, wenn deine Schwestern nicht mehr auf die Schule gehen dürfen! Durch dein Verhalten hast du es geschafft, dass die Schule jetzt schlecht dasteht! Reiß dich zusammen, Ramla! Du solltest dich glücklich schätzen und Allah danken, dass Er kein schlimmeres Schicksal für dich bereithält. Oder würdest du lieber diesen Gauner Moubarak heiraten?«

»Nein, natürlich nicht«, entgegne ich kleinlaut.

»Weil, glaub mir, Hindous Mutter wäre zu allem bereit, um ihre Tochter mit Alhadji Issa zu verheiraten. Warum willst du mich um jeden Preis demütigen?«

»Ich könnte dich nie demütigen, Diddi! Du verstehst mich nicht. Alle sagen mir, ich muss dieser Hochzeit zustimmen. Aber was ist mit mir, zählt das, was ich fühle, denn nicht? Wer denkt an mich? Ich will nicht heiraten! Ich wollte studieren!«

»Du hast genug gelernt. Wenn du nicht heiraten würdest, würdest du zu Hause bleiben. Dein Vater hätte nie erlaubt, dass du zur Universität gehst. Nicht hier und erst recht nicht woanders.«

»Auch deshalb war ich einverstanden, Aminou zu heiraten! Mit ihm hätte ich studieren können, und ich liebe ihn!«

»Dann ist deine Liebe schwach und nutzlos, denn sie wird nicht mehr erwidert«, sagt meine Mutter ungerührt. »Hör endlich auf zu jammern, sonst halte ich nicht mehr zu dir! Hast du denn gar keine Würde, Ramla? Wann hast du dein Ehrgefühl verloren, das man dir beigebracht hat?«

»Woher willst du wissen, ob Aminou mich liebt oder nicht?«

Sie bricht in bitteres Lachen aus:

»Wenn er dich liebt, wie du dir einredest, dann verrate mir mal, wo er ist.«

8

Am Tag vor der Hochzeit schickte Alhadji Issa Dutzende mit Kolanüssen gefüllte Säcke sowie Kisten voller Bonbons und anderer Süßigkeiten für die Zeremonie, den *tégal*. Ich schlief überhaupt nicht mehr. Immer wieder gingen mir dieselben Bilder durch den Kopf. Am schwierigsten würde es werden, Aminou zu vergessen. Würde es mir irgendwann gelingen? Und wollte ich ihn überhaupt vergessen? Die Erinnerung an ihn war lebendig und warm. Ich fühlte mich einsam. Meine Mutter hielt das alles für kindischen Unfug – sofern sie von meiner Verzweiflung überhaupt etwas mitbekam – und ging davon aus, dass ich, einmal verheiratet, mein Glück zu schätzen wissen würde. Vor allem aber sollte ich endlich einsehen, dass es mein Schicksal war, *und gegen das Schicksal kann man nichts machen*, erklärte sie. Immerhin würde ich schon bald die Frau von einem der reichsten Männer der Stadt sein.

Ja, es war ein Schicksal, von dem wohl alle Mütter träumten. Ein Schicksal, das wohl alle Mitfrauen meiner Mutter vor Neid erblassen ließ. Ich brauchte nur an die neidvollen Blicke meiner Stiefmütter und Halbschwestern zu denken, als sie das brandneue Auto gesehen hatten, das mein Verlobter mir eines Abends als erstes Hochzeitsgeschenk überlassen hatte.

Die Angst quälte mich. Ich war ruhelos. Ich erstickte. Ich weinte so viel, dass meine Augen gerötet und meine Lider geschwollen waren. Doch weder meine Mutter noch meine Tanten rührte mein stummes Leid. Sie alle hatten bei ihrer Hochzeit geweint.

Die Tränen einer jungen Braut waren für sie Ausdruck ihrer Wehmut angesichts der dahinfliegenden Jugend, der demnächst verlorenen Unschuld und der Verantwortung, die sie von nun an zu tragen hatte. Sie spiegelten nur die enge Bindung an ihre Familie und die Angst davor, in ein fremdes Haus zu ziehen.

Mitten in der Nacht, von meinen bitteren, sich im Kreis drehenden Gedanken erschöpft, empfand ich plötzlich das Bedürfnis, das karge Zimmer zu verlassen. Ich wollte den Mond sehen, die Sterne betrachten. Bestimmt würde ich sie auch dort sehen können, aber würden sie genauso strahlen? Und die Luft? Würde sie genauso klar sein? Und das leise Summen des Windes in den Blättern der Niembäume? Würde er denselben frischen, zarten Duft verströmen? Und der Sand, würde er sich genauso fein unter den Füßen anfühlen?

Das ganze Haus schlief. Meine Mutter hatte sich, von Müdigkeit übermannt, auf der kleinen Matratze im Salon ausgestreckt. Mehrere Frauen verbrachten die Nacht bei uns im Haus. Manche von ihnen schliefen einfach auf dem Teppich. Aus Angst, sie zu wecken und von ihnen ertappt zu werden, stieg ich leise und vorsichtig über sie hinweg.

Wie konnte ich diese letzten Stunden der Freiheit nutzen? Ich konnte nur schwer glauben, dass ich am nächsten Tag um dieselbe Uhrzeit das Bett mit einem Fremden teilen würde … Mit einem Mann, der mit seinen Händen über meinen für seinen Genuss vorbereiteten Körper streichen würde, der meine Tätowierungen, die ihn verführen sollten, betrachten würde, der den Duft von Weihrauch einatmen und das Recht haben würde, mich ganz und gar zu besitzen, obwohl ich nicht ihn, sondern einen anderen liebte. Wie sollte ich es akzeptieren, mein Zuhause zu verlassen, um einer anderen Familie anzugehören?

Wenn morgen wenigstens alles vorbei wäre! Aber die Ehe beschränkt sich nicht auf die Hochzeit, sie dauert ein Leben lang!

Die Nacht war friedlich und für die Jahreszeit kühl, der Himmel sternenübersät. Das Mondlicht erhellte die Stadt, man sah so gut wie bei Tag. Ich hätte mir eine schwarze Nacht gewünscht, eine, so unheimlich wie die Angst, die mir die Kehle zuschnürte und mir den Magen verkrampfte. Es war aus, ich würde mich nie mehr frei bewegen, nie weiterlernen, nie auf die Universität gehen können. Gefangen in einem goldenen Käfig, würde ich nie Apothekerin werden.

Ich war noch nie so einsam gewesen.

Als ich wieder den Gemeinschaftshof erreichte, erblickte ich Hindou. Sie stand vor der Wohnung ihrer Mutter.

Obwohl wir im selben Jahr geboren wurden und zusammen in der Schule waren, sind wir uns nie so nahe wie Schwestern gewesen. Während der ersten sorglosen Jahre war sie meine beste Freundin. Doch je älter wir wurden, desto stärker fühlten wir uns verpflichtet, für unsere Mütter, die andauernd miteinander stritten, Partei zu ergreifen.

An diesem Tag aber teilten wir das gleiche Schicksal. Und Hindou legte ihr Misstrauen mir gegenüber ab. Sie sah mich nervös an, dunkle Augenringe trübten ihr Gesicht und verrieten viele schlaflose Nächte. Sie gab mir ein Zeichen, ihr in die große Küche zu folgen. Riesige Töpfe standen dort über der Glut, in denen schon die Fleischsoße für das Festessen am nächsten Morgen köchelte. Noch war es still hier, die Morgendämmerung war noch nicht angebrochen. Hindou zitterte trotz der Hitze, rieb ihre Hände aneinander und hielt sie über das Feuer. Dann kehrte sie mir den Rücken zu und fragte fast tonlos:

»Und? Wie fühlt es sich an, morgen zu heiraten? Hast du Angst?«

»Ich bin traurig. Warum fragst du? Hast du Angst?«

Sie drehte sich um und brach zu meiner großen Bestürzung in Tränen aus. Ich war so sehr mit mir selbst beschäftigt gewesen, dass ich keine großen Gedanken an die Situation meiner

Schwester verschwendet hatte. Ich war davon ausgegangen, dass sie sich mit ihrem Verlobten geeinigt hatte, der ja immerhin der Sohn unseres Onkels Moussa war. Ich hatte geglaubt, sie sei in ihn verliebt, und sie schien mir insgesamt überhaupt besser dran zu sein als ich.

Moubarak war gerade mal zweiundzwanzig Jahre alt und nicht hässlich – im Gegenteil!

»Ich habe Angst vor ihm«, flüsterte sie.

»Angst? Aber warum denn?«

»Weißt du nicht, was passiert ist, bevor sein Vater für ihn um meine Hand angehalten hat?«

Moubarak hatte angefangen zu trinken und machte keinen Hehl daraus. Sein stinkender Atem verriet ihn ohnehin. Seit einiger Zeit schon verließ er morgens nicht mehr das Haus. Er ließ sich nur noch nachmittags oder abends blicken. Mit seinem Vater wollte er nichts mehr zu tun haben, seit dieser ihm die finanziellen Mittel dafür verweigert hatte, in Douala in den Schuhhandel einzusteigen. Mein Onkel vertraute den Geschäften an der Küste nicht und hatte ihm schon einmal unter die Arme gegriffen, als Moubarak sich wie sein Onkel Yougouda im Holzhandel versucht hatte. Alles hatte er für Mädchen, Clubs und Kleidung ausgegeben. Er war nicht nur zum Trinker geworden, sondern hatte auch begonnen, sich mit Tramadol vollzupumpen, einem starken Schmerzmittel, das in Maroua besonders beliebt war. Man hatte diesen Gerüchten keine große Beachtung geschenkt, bis Moubarak eines Tages völlig betrunken das junge Dienstmädchen seiner Mutter vergewaltigte. Daraufhin hatte man das Mädchen, machtlos, wie es war, mit einem Schmerzensgeld von fünftausend Franc in ihr Heimatdorf zurückgeschickt. Für Moubarak dagegen wurde es endlich Zeit, eine Familie zu gründen, entschied der Vater. Er musste nicht lange suchen: Hindou war alt genug, um zu heiraten, und in der Familie bewunderte man ihren stillen, untergebenen Charakter. Das traf sich gut! Ihre zurückhaltende Art würde Moubaraks überschäumende Energie vielleicht etwas ausgleichen. Die Väter der beiden Jugendlichen einigten sich, ohne die Hauptfiguren ihrer Pläne darüber in Kenntnis zu setzen.

Hindou erzählte weiter:

»Einmal hat er mich in sein Zimmer gezogen und versucht, mich zu küssen!«

»Was?«, fragte ich schockiert. »Und wie hast du reagiert?«

»Ich habe ihn natürlich weggestoßen, aber er hat mich festgehalten. Also habe ich ihn gebissen, so fest, dass er geblutet hat, und dann bin ich weggelaufen. Aber er hat gedroht, er würde es mir in der Hochzeitsnacht heimzahlen! Oh Gott, Ramla, ich habe solche Angst vor ihm!«

»Hast du deiner Mutter nichts davon erzählt?«

»Was soll ich ihr denn sagen? Über solche Dinge spricht man nicht mit seiner Mutter, das weißt du doch.«

Hindou schluchzte. Ich fühlte mich hilflos gegenüber solcher Verzweiflung.

»Wenn ich die Wahl hätte, Ramla, würde ich lieber Alhadji Issa als Moubarak heiraten. Er ist ein Gauner, und ich habe Angst vor ihm! Du hast echt Glück.«

Im Haus wurden sie langsam wach. Es war Zeit, uns auf den wichtigsten Tag unseres Lebens vorzubereiten.

9

Als alle Gäste eingetroffen waren, kam der Imam mit einer Tafel, auf der die letzten Koranverse standen. Zuerst ließ er Hindou den heiligen Text lesen, dann mich. Alle Frauen um uns herum weinten. Durch uns lebte in jeder von ihnen die eigene Angst und Enttäuschung wieder auf – aber das begriff ich erst viel später. Als der Marabout nach erfüllter Mission wieder verschwand, erhob sich ein Griot und deklamierte dreimal mit schriller Stimme:

»Oh hohe Versammelte! Alhadji Issa, Sohn von Alhadji Hamadou, heiratet Ramla, Tochter von Alhadji Boubakari! Die Mitgift beträgt zehn Rinderköpfe, sie sind bereits übergeben und nicht zurückzuzahlen. Wir haben es alle gehört und sind Zeugen! Möge Gott Glück walten lassen!«

Nach einem kurzen Gebet war meine Vermählung besiegelt.

Die von Hindou folgte kurz darauf nach demselben Ritual.

»Oh hohe Versammelte! Noch ein *tégal.* Moubarak, Sohn von Alhadji Moussa, heiratet Hindou, Tochter von Alhadji Boubakari! Die Mitgift beträgt zweihunderttausend Franc, bereits übergeben und nicht zurückzuzahlen. Wir haben es alle gehört und sind Zeugen! Möge Gott Glück walten lassen! Möge er ihnen gesegnete Nachkommen und großen Reichtum schenken!«

Und dann wurde gefeiert, mit Dutzenden Pferden, mit Griots, die zu Trommelschlägen Loblieder auf uns anstimmten, und mit Tänzen um das gigantische Buffet. Von allen Festlichkeiten ausgeschlossen, hörten die Frauen von ihren Wohnungen aus zu und versuchten, Tanzschritte oder Liedtexte zu erraten. In dem Zimmer, wo ich mit Hindou den ganzen Tag auf den großen Auszug wartete, hörten unsere Mitschülerinnen und die Mädchen unserer Familie der Musik zu und tanzten mit. Hindou strahlte eine Ruhe aus, die mich überraschte, sie lächelte sogar ein wenig. Ab und an trafen sich unsere Blicke. Sie wirkte wie eine glückliche Braut, ich bewunderte sie für ihre Selbstbeherrschung. Ich selbst war fassungslos. Wie war das möglich? Dass ausgerechnet ich einen Fünfzigjährigen heiratete, ich, die ich mit siebzehn das schönste, klügste und fröhlichste Mädchen der Stadt war?

Oh mein Vater! Ich verstehe dich nicht! Deine Geschäfte gehen so gut wie die meines Onkels, wozu mich einer noch größeren Habgier opfern? So viele Mädchen in unserer Familie wären gern an meiner Stelle – warum also ich?

Oh mein Vater! Du hast so viele Kinder, aber Töchter sind praktisch. Es ist so einfach, sie loszuwerden!

Oh mein Vater! Du sagst, du kennst den Islam in- und auswendig. Du zwingst uns, den Schleier zu tragen, unsere Gebete zu sprechen, unsere Traditionen zu achten, warum missachtest du dann wissentlich das Gebot des Propheten, wonach ein Mädchen seiner Hochzeit zustimmen muss?

Oh mein Vater! Dein Stolz und deine Interessen werden immer vorgehen. Deine Frauen und Kinder sind für dich nur Spielfiguren, die du zu deinem eigenen Vorteil auf dem Schachbrett deines Lebens bewegst.

Oh mein Vater! Dein Respekt vor der Tradition steht über unserem Willen und unseren Wünschen, egal, wie viel Leid deine Entscheidungen verursachen.

Oh mein Vater! Hast du uns je geliebt? Ja, wirst du antworten, und du tätest das doch alles nur zu unserem Wohl. Denn was wissen wir jungen Mädchen schon vom Leben? Wie sollten wir imstande sein, uns unsere Männer selbst auszusuchen?

Aber wenn du recht hast und wir nicht dazu fähig sind, dann liegt es vielleicht daran, dass wir noch nicht alt genug sind, um zu heiraten!

Oh mein Vater! Ich verstehe, dass wir in einer Stadt leben, die Veränderungen ablehnt und in der man sich den Traditionen beugen muss, aber ist das der einzige Grund für deine Entscheidung? Hast du auch nur einen Augenblick daran gedacht, dass auch du dich irren könntest?

Oh mein Vater! Ich kann es dir nicht einmal verübeln. Zu meinem großen Unglück bin ich ein Mädchen. Ich werde nie wie ein Junge auf deinem Schoß Trost suchen oder an deiner Schulter weinen können. Denn das gehört sich nicht. Ein Mädchen darf seinem Vater nicht zu nahe kommen, ein Mädchen darf seinen Vater nicht umarmen.

Seine Augen ließen nicht den geringsten Anflug von Bedauern oder Reue erkennen. Trotz meiner Verbitterung hätte ich jetzt, da der Abschied nahte, gern Zuneigung in ihnen gelesen. Am liebsten hätte ich ihm meine Gefühle ins Gesicht geschrien.

Und du, meine Mutter! Aus Sicherheit heraus und aus Stolz hast du mich geopfert. Du willst eine reiche Frau aus mir machen. Du willst mich am Steuer eines Autos sehen, du willst, dass ich angehimmelt und respektiert werde. Du willst deinen Mitfrauen etwas beweisen und hast dabei auf mich gesetzt. Du liebst mich, du bewunderst mich. Ich bin deine Tochter und ich bin perfekt. Ich muss perfekt sein und beneidet werden, ob ich will oder nicht.

Oh meine Mutter! Ich bin wütend auf dich! Ja, du liebst mich. Aber du hast mich schlecht geliebt! Du hast mich weder verstanden noch hast du mich verteidigt. Du hast meinen Hilfeschrei nicht gehört.

Du hast mich den Wölfen zum Fraß vorgeworfen! Trotzdem bleibst du meine Mutter. Der Mensch, den ich am meisten liebe auf dieser Welt.

Oh meine Mutter! Es fällt mir schwer, dir Kummer zu bereiten. Ich habe immer versucht, so zu sein, wie du mich wolltest. Ich habe es nie geschafft. Du hast schon immer Hindous Ruhe meinem Temperament vorgezogen. Wegen dir bin ich heute verklemmt und frustriert.

Ich musste immer die Beste sein, die Intelligenteste, die Hübscheste. Ich sollte deinen Traum erfüllen. Deine Tochter! Deine Hoffnung! Du hast immer gesagt, ich sei indirekt die Ursache für dein Leid, aber auch für deine Freude. Wegen mir bist du geblieben. Ich musste dafür sorgen, dass du es nie bereust.

Oh meine Mutter! Es ist so schwer, ein Mädchen zu sein und immer ein Vorbild, immer folgsam, immer diszipliniert, immer geduldig!

Oh meine Mutter! Ich liebe dich so sehr, aber heute bin ich wütend auf dich.

Oh meine Mutter! Mach die Augen auf! Sieh mich an! Sieht so eine glückliche Braut aus?

Und du, Mutter, bist du glücklich wie die Mutter einer Braut? Woher die Tränen, die du manchmal wegwischst? Warum dieses aufwendige Make-up heute, obwohl du dich doch sonst nie schminkst? Weshalb die roten Augen hinter dem schwarzen Kajal?

Am Abend bereiteten meine Tanten das Wasser für die rituelle Waschung vor. Sie fügten eine Prise Henna, Parfüm und Kolanüsse hinzu. Anschließend legten sie uns reich bestickte, glänzende Pagnes um, schminkten uns leicht und legten uns Goldschmuck an. Sie besprenkelten uns mit Parfüm und hüllten uns in weite, schwarze, mit funkelnden Steinen verzierte Mäntel. Kapuzen verdeckten unsere Gesichter.

Ich sah mich suchend nach meiner Mutter um, aber sie war nicht zu sehen, wie Hindous Mutter auch. Gleich würden wir von unseren Tanten in die Wohnung unseres Vaters geführt werden und würden sie erst wieder verlassen, um in die bereitstehenden Autos zu steigen.

Unsere Mütter hatten beschlossen, sich nicht von uns zu verabschieden. Sollten wir ihre Tränen und ihren Schmerz nicht sehen?

10

Die Anweisungen, die ein Vater seiner Tochter zu ihrer Hochzeit und indirekt allen anwesenden Frauen gibt, kannten wir schon auswendig. Sie liefen auf eine einzige Empfehlung hinaus: Unterwerft euch!

Von unseren Männern sollen wir alles erdulden. Der Mann liegt immer richtig, er hat alle Rechte und wir alle Pflichten. Ist die Ehe ein Erfolg, ist es unserem Gehorsam, unserem guten Charakter und unseren Kompromissen zu verdanken; scheitert sie, ist es allein unsere Schuld. Und die logische Folge unseres schlechten Verhaltens, unseres fürchterlichen Charakters, unserer Aufsässigkeit. Kurz: *munyal*, Geduld angesichts von Prüfungen, Leid und Kummer.

»*Alhamdulillah!*«, sagt mein Vater.

Es ist kein Geheimnis, dass eine Tochter ihren Vater in die Hölle bringen kann. Jeder Schritt eines geschlechtsreifen, unverheirateten Mädchens, heißt es, wird als Sünde ihres Vaters in einem großen Buch verzeichnet. Jeder Tropfen unreinen Bluts einer unverheirateten Jugendlichen bringt ihren Vater der Hölle ein Stück näher.

»*Alhamdulillah!*«

Es ist allgemein bekannt, dass es für einen Vater keine schlimmere Sünde gibt als die Hurerei seiner Tochter. Ein echter Gläubiger darf den Zorn Allahs nicht auf sich ziehen. Seine Tochter muss so früh wie möglich verheiratet werden, um ihrem Vater schlimmste Qualen zu ersparen.

»Alhamdulillah!«

Mein Vater wird verschont bleiben. Er hat seine Töchter traditionsgemäß verheiratet. Er hat seine von Gott auferlegte Pflicht erfüllt. Er hat seine Töchter großgezogen und sie ihren von Gott auserwählten Beschützern als Jungfrauen übergeben. Damit hat er die Last einer schweren Verantwortung abgelegt.

Seine Töchter gehören ihm nun nicht mehr.

»Alhamdulillah!«

Mein Vater kann beruhigt sein. Mit Bravour hat er die schwere Mission erfüllt, die ihm Allah mit der Geburt seiner Töchter auferlegt hat.

Hilflos breche ich in Tränen aus, unter dem gleichgültigen Blick meines Vaters. Meine Tante Nenné gibt mir ein Zeichen und führt mich nach draußen. Die Verwandten meines Mannes, von oben bis unten mit Gold behängt und in luxuriöse Pagnes gehüllt, stehen schon neben den teuren Autos und trippeln ungeduldig auf der Stelle. Meine Tante zieht mich am Arm, bringt die Kapuze, die mein Gesicht verdeckt, wieder in Ordnung und setzt mich in einen Mercedes.

Ich sehe zu Hindou hinüber. Tante Diya schiebt sie gerade in ein grelles, mit Schleifen geschmücktes Cabrio. Eine Reihe von Mofas ist dort geparkt, um sie möglichst lautstark zu begleiten.

Ich weine während der ganzen Fahrt. Den neugierigen Gesichtern, die dicht aneinandergedrängt am Straßenrand stehen und mit Rufen den Hochzeitszug begrüßen, würde ich am liebsten zuschreien:

»Rettet mich, ich flehe euch an, man raubt mir mein Glück und meine Jugend! Man trennt mich für immer von dem Mann, den ich liebe! Man zwingt mir ein Leben auf, das ich nicht will! Rettet mich, ich schwöre euch, ich bin nicht glücklich, wie ihr glauben wollt! Rettet mich, bevor auch ich zu einem Schatten werde, der hinter diesen Mauern verschwindet! Rettet mich, bevor ich als Gefangene in diesen vier Wänden verkümmere! Rettet mich, ich flehe euch an, man raubt mir meine Träume und meine Hoffnung! Man nimmt mir mein Leben!«

Hindou

»Am Ende der Geduld
wartet der Himmel.«
Afrikanisches Sprichwort

1

»Geduld, meine Töchter! *Munyal!* Geduld soll von nun an euer Leben bestimmen. Schreibt euch das ins Herz, wiederholt es immer wieder im Geiste. *Munyal!* Das ist alles, was zählt: in der Ehe wie im Leben. Das ist, was wirklich zählt: in unserer Religion, unseren Bräuchen, unserem *pulaaku. Munyal* – vergesst das nie! *Munyal*, meine Töchter! Denn Geduld ist eine Tugend.
– Gott liebt die Geduldigen«, sagt mein Vater.

Für diesen Rat hätte ich nicht erst heiraten müssen. Immer und überall hieß es zu allem: *Munyal!* Wie viel Schaden hat das angerichtet! Ich frage mich, wann ich dieses Wort zum ersten Mal gehört habe. Vermutlich schon zu meiner Geburt. Bestimmt wurde mir leise vorgesungen: »Geduld, *munyal*, mein Kleines! Du kommst in eine Welt voller Leiden. Kleines Mädchen, so jung und so ungeduldig! Du bist ein Mädchen. Das bedeutet *munyal*, dein Leben lang. Fang schon jetzt damit an! Für eine Frau ist die Zeit der Unbeschwertheit kurz. Ab jetzt heißt es Geduld, mein Kind ...«

Meine Hand tastet nach der meiner Schwester Ramla und umklammert sie, doch mein Vater ist mit den Anweisungen, die er uns vor dem Abschied erteilen muss, schon fast am Ende. Meine Tanten drängen mich bereits zur Tür.

In diesem letzten Augenblick hätte ich mich am liebsten unterm Bett meiner Mutter versteckt. Ich hätte mich am liebsten für immer an ihr festgehalten. Ich hätte mich der ach so gepriesenen Geduld zum Trotz aus nackter Angst meinem Vater am liebsten vor die Füße geworfen, hätte ihn angefleht, diese Hochzeit abzusagen, und hätte mein Leben gegeben, um von ihm einfach nur zu hören: »Du bist zu jung. Moubarak muss warten.«

Vergeblich! Ich bin verheiratet. Mit meinem Cousin Moubarak, den ich immerzu gesehen, aber nie wirklich kennengelernt habe. Er wohnt nur ein paar Schritte von uns entfernt. Sicher hat er mich schon seine Sklavin oder Frau genannt, als ich noch klein war. Ich sah ihn ständig, er war fast wie mein Bruder. Jetzt bin ich mit ihm verheiratet und gehöre zum Hof meines Onkels Moussa.

In Wahrheit habe ich schon immer zu Onkel Moussas Hof gehört. Die engen Beziehungen in der Familie machten aus jedem meiner Onkel einen zweiten Vater. Ihre Häuser waren auch meine, und ich konnte sie nach Lust und Laune aufsuchen und sogar für längere Zeit dort bleiben, ohne meine Eltern vorher um Erlaubnis zu bitten. Aber heute Abend werde ich nicht als Tochter, sondern als Schwiegertochter zu Onkel Moussa gebracht. Oh mein Vater, warum ich? Hast du je daran gedacht, dass ich damit nicht einverstanden sein könnte? Und dass das mein gutes Recht wäre? Ich liebe Moubarak nicht! Schlimmer noch, ich hasse ihn!

Früher, als wir jünger waren, war er mir völlig egal. Er war einfach einer von vielen Cousins. Er war weder gut noch böse, nicht besser und nicht schlechter. Bis er anfing, zu trinken und Drogen zu nehmen, und schließlich so weit ging, das Dienstmädchen seiner Mutter zu vergewaltigen. Damit wurde er zum Schlimmsten von allen. Noch bevor meine Mutter mir verkündete, dass man mich ihm versprochen hatte …

Onkel Moussas Hof ist der Inbegriff einer chaotischen Polygamie. Schon immer hat man von allen möglichen Skandalen gehört. Von Mitfrauen, die zu erbarmungslosen Rivalinnen und gegeneinander handgreiflich wurden, frustrierten Jugendlichen, die sich, obwohl sie Brüder sind, gegenseitig mit Messern bedrohten, von verstoßenen und wiederverheirateten Töchtern, von Anschuldigungen auf der Grundlage von Wahrsagerei, Hexerei, Drogen und Alkohol ... Mein herrischer Onkel lebt mit einer solchen Arroganz und Weltfremdheit in seinem Haus, dass er immer als Letzter mitbekommt, was darin vor sich geht. Kommt er nach Hause, wird es augenblicklich still. Selbst seine Frauen scheinen keine enge Beziehung zu ihm zu haben. Jede von ihnen versucht, so gut es geht, ihren Nachwuchs zu beschützen. Trotz seiner Strenge fällt es Onkel Moussa zunehmend schwer, sich bei seinen ältesten Söhnen Respekt zu verschaffen. Diejenigen, die ihr Studium abgebrochen haben, kommen nicht mehr zurecht, lungern den ganzen Tag herum, und ihre einzige Perspektive ist es, eines Tages zu erben. Die Stimmung im Hof wird immer drückender. Onkel Moussa zieht sich zunehmend in die Moschee oder in sein Geschäft zurück und muss selbst dort immer wachsam sein, da seine Kinder ihn bei jeder sich bietenden Gelegenheit bestehlen.

Ich habe angefangen, Moubarak zu hassen, als ich einmal seine Schwester, meine damals beste Freundin, besuchte und er mir zurief:

»He, Hindou! Da ist ja meine Zukünftige! Besuchst du deinen Verlobten?«

»Quatsch! Was erzählst du da?«

»Komm schon! Komm, vollziehen wir halt die Verlobung statt der Ehe!«

Moubarak zog mich in sein Zimmer. Ich schlug um mich, damit er mich losließ, aber er begann ungeniert, mich zu küssen.

Ich biss ihn, so fest ich konnte, sein übler Geruch widerte mich an. Er roch nach Alkohol. Als er kurz unaufmerksam war, rannte ich davon. Er raste vor Wut und fluchte:

»Du kleine Schlampe! Du hast mich gebissen, aber du wirst schon sehen. So leicht entkommst du mir nicht!«

Seitdem bin ich ihm aus dem Weg gegangen, und wenn ich ihm zufällig begegnete, grüßte er mich lächelnd, zwinkerte mir hintertrieben zu und erinnerte mich so daran, dass er schon ungeduldig auf unsere Hochzeit warte. Ich fühlte mich immer unwohler, und mit der Zeit verwandelte sich mein Unbehagen in Panik. Ich fürchtete mich vor der Hochzeit und noch viel mehr vor der Hochzeitsnacht.

Ramla drückt meine Hand, um mir etwas von ihrer Kraft und ihrem Mut abzugeben.

Mein Vater ist mit seiner Rede schon am Ende:

»Möge Allah euch Glück schenken, eure Familie mit vielen Kindern und mit *baraka* segnen. Jetzt geht!«

Ich kann mich plötzlich nicht mehr beherrschen und lasse mich weinend zu Boden fallen. Mein Vater sagt kein Wort, während meine Tante Diya mich mit aller Mühe aufrichtet und zur Tür drängt.

Ich nehme meinen ganzen Mut zusammen und rufe zur allgemeinen Bestürzung meinem entgeisterten Vater zu:

»Ich flehe dich an, Baaba, ich will Moubarak nicht heiraten! Ich flehe dich an, lass mich hierbleiben!«

»Was redest du da, Hindou?«

»Ich liebe Moubarak nicht. Ich will ihn nicht heiraten!«

Ich schluchze völlig aufgelöst. Meine Tanten halten den Atem an, sie sind fassungslos ob der Verzweiflung und der Szene, die ich meinem Vater mache, wo ich doch ständig für meine Ruhe und Folgsamkeit gelobt werde. Sie haben Angst vor der Reaktion ihres Bruders. Doch wider Erwarten schüttelt mein Vater nur den Kopf und befiehlt seinen Schwestern aufzubrechen.

Also beginne ich zu schreien und zu weinen und weigere mich strikt, den Raum zu verlassen. In meiner Panik vor einer Heirat mit diesem Mann verliere ich jede Würde und Ehre.

»Bitte, Vater, bitte, ich liebe Moubarak nicht, ich will ihn nicht heiraten!«

Ich flehe ihn an, schluchze immer heftiger und kralle mich mit ganzer Kraft an einem Sofa fest.

»Geht jetzt«, wiederholt mein Vater, noch immer ruhig. Goggo Diya zerrt mich mit Mühe und Not aus meiner Ecke und schiebt mich, während sie mir gut zuspricht, zum Ausgang. Alle jungen Frauen würden weinen, wenn sie das Haus der Eltern verlassen müssten. Ich sei halt etwas sensibler als die anderen. Daraus müsse man kein Drama machen.

»Ich flehe dich an, Baaba, bitte, ich will ihn nicht! Ich nehme jeden, nur nicht ihn ...«

Ich schlage weiter um mich und schaffe es, mich aus den Armen meiner Tante zu befreien. Ich werfe mich meinem Vater vor die Füße.

»Mein Vater, um Allahs willen, bitte, zwing mich nicht zu gehen!«

»Jetzt reicht es aber mit diesen Kindereien«, wirft mein Onkel sarkastisch lächelnd ein. »Hindou, du enttäuschst mich sehr. Dabei bist du immer so brav gewesen. Von all den Ratschlägen, die wir dir gerade erteilt haben, hast du offenbar nichts verstanden. Geht jetzt, Diya! Das war Skandal genug.«

Ich schluchze noch immer, füge mich aber, als die Frauen mich gewaltsam hinausdrängen. Zusammen mit einer Cousine schiebt mich Goggo Diya mit festem Griff zum Auto, das augenblicklich anspringt und davonrast, als wolle es sich so schnell wie möglich seinen Weg durch die Menge bahnen. Hinter uns Gehupe und die Youyou-Rufe der Mädchen, die dicht gedrängt in den anderen Fahrzeugen sitzen. Obwohl sich unser Haus in der Hofanlage meines Onkels Moussa befindet und damit nur einen Steinwurf von der meines Vaters entfernt ist, legt Moubarak großen Wert darauf, dass seine Hochzeit nicht unbeachtet bleibt. Mit heulenden Sirenen führt er den Zug Dutzender Mofas und Autos an und fährt einmal durch die ganze Stadt.

2

Er ließ nicht lange auf sich warten! Obwohl der junge Bräutigam der Tradition nach erst spätnachts, wenn das ganze Haus schon schläft, von seinen Freunden nach Hause geführt werden und sich dabei möglichst unauffällig verhalten soll, betritt Moubarak schon viel früher das Zimmer und lässt die anderen, die vor dem Hof auf Teppichen sitzen, Tee und Kaffee schlürfen und sich laut unterhalten, allein weiterfeiern.

Die Frauen, die mich begleitet haben, schlafen in meiner Wohnung, die zeitgleich mit der von Moubarak im rechten Flügel der Hofanlage eingerichtet wurde. Der Geruch von frischer Wandfarbe liegt noch in der Luft und überdeckt eher schlecht als recht den Gestank nach Kuhmist, denn bevor sich Onkel Moussa entschied, hier vier Wohnungen für zwei Hochzeiten bauen zu lassen, war die Fläche als Viehhof genutzt worden. Um den Gestank zu vertreiben und den Grund bebaubar zu machen, hat man einfach Sand aus dem nächsten Bach darübergeschüttet.

Kaum hat Moubarak das Zimmer betreten, legt er Musik auf, ohne mich auch nur anzusehen. Ich sitze im dunkelsten Winkel auf dem Teppich und mache mich so klein wie möglich. Das viele Weinen hat mich müde gemacht und völlig erschöpft. Ich spüre, wie die Angst mir den Hals zuschnürt.

»Na so was! Da ist sie ja, meine liebe Cousine und Frau! Kommst du? Lass sie uns schnell vollziehen, die Ehe. Ich hatte dir ja gesagt, der Tag kommt früher, als du denkst.«

»Bitte …«

»Sei nicht albern, zieh dich aus, los! Ich hasse verklemmte Frauen.«

Trotz meiner wachsenden Panik weiß ich, dass das hier nicht normal ist. Moubarak hat nicht nur getrunken. Er hat auch Tramadol und Viagra genommen. Ein ihm, wie vielen jungen Männern hier, vertrauter Cocktail. Man bekommt ihn an jeder Straßenecke, auch beim kleinen Supermarkt im Viertel und bei den Straßenverkäufern. An ihrem Hochzeitsabend nehmen die Männer oft Drogen, um sich in Stimmung zu bringen und sich eine Ausdauer und Leistungsfähigkeit zu verschaffen, die mit ihrer aufgeputschten Lust mithalten kann.

»Zieh dich aus. Du siehst lächerlich aus mit deinen Schleiern.«

»Ich flehe dich an …«

»Du willst spielen? Na gut. Ist mir sogar lieber, wenn du ein bisschen rumzickst. Ist mir ein Vergnügen, selbst Hand anzulegen.«

Er dreht die Musik auf, dann zieht er sich in aller Ruhe aus. Ich drücke mich noch weiter in die Ecke. Ich habe solche Angst, dass meine Zähne klappern, ich zittere wie ein Blatt. Er setzt sich auf das Bett, sieht mich mitleidslos an und sagt:

»Was jetzt? Kommst du von selbst oder willst du, dass ich dich hole?«

»Bitte …«

Er springt auf, wirft mich blitzartig aufs Bett und zerrt an meinen Kleidern. Ich wehre mich, so gut ich kann. Als er mein Oberteil zerreißt, grabe ich meine Zähne tief in seine Haut. Er zieht die Hand zurück, Blut tropft herunter. Wutentbrannt beginnt er mich zu schlagen. Ich schreie, ich schlage um mich, da streckt mich ein heftiger Hieb nieder und ich falle benommen aufs Bett zurück.

Ein paar Stunden später bin ich so kraftlos, dass ich nicht mehr schreien und nicht mehr weinen kann. Im Zimmer herrscht Stille. Ich habe so viel gebrüllt, so viel geweint und gebettelt, dass ich keine Stimme mehr habe. Ich komme auf dem Bett zu mir, ich bin verletzt, mein Körper ist von Wunden und Blutergüssen übersät. Ich verliere so viel Blut, dass das ganze Bett durchtränkt ist. Ich habe starke Schmerzen. Ich versuche aufzustehen.

Moubarak, der neben mir schläft, wacht sofort auf und schaut mich spöttisch an.

»Na, gut geschlafen, Cousinchen? Ach, was sag ich da: mein Frauchen! Bleib liegen, ich bin gleich da.«

»Nein, bitte, ich flehe dich an!«

»Was ist jetzt schon wieder?«

»Es tut mir leid, ich bin verletzt. Ich habe Schmerzen.«

»Ach Quatsch! Das ist ganz normal.«

Angeekelt betrachtet er das Bett und zerrt mich auf den Boden. Ich pralle hart auf und schreie. Er hält mir die Hand vor den Mund.

»Es ist noch früh. Die Leute schlafen noch. Halt den Mund! Du hast gestern schon genug Lärm gemacht. Ich hätte nie gedacht, dass du so eine Memme bist. Die anderen glauben noch, dass ich dich umgebracht habe. Halt endlich das Maul!«

Er vergewaltigt mich noch einmal. Der Schmerz sticht so tief, dass ich glücklicherweise bewusstlos werde.

Niemand nahm Anstoß an meinem Zustand. Es war kein Verbrechen! Moubarak hatte alle Rechte über mich und hatte nichts anderes getan, als sich an seine ehelichen Pflichten zu halten. Er war ein bisschen brutal gewesen, ja, aber er war schließlich ein junger, gesunder, potenter Mann. Noch dazu war ich bildhübsch! Da musste man ja den Verstand verlieren. Er war halt einfach sehr verliebt! Auch mir war zu gratulieren, denn ich hatte es geschafft, bis dahin rein zu bleiben. Ich hatte meine Familie nicht entehrt.

Es ist kein Verbrechen! Es ist ein rechtmäßiger Akt! Die eheliche Pflicht! Es ist keine Sünde. Im Gegenteil. Für mich wie für Moubarak ist es ein Segen, den Allah uns schenkt.

Es ist keine Vergewaltigung. Es ist ein Liebesbeweis. Angesichts der vielen Stiche, mit denen meine Wunde genäht werden musste, riet man Moubarak trotzdem, seine Leidenschaft etwas zu zügeln. Man tröstete mich. So sei die Ehe nun einmal. Beim nächsten Mal liefe es besser. Genau das bedeute eben *munyal*, die Geduld, von der alle sprachen. Eine Frau habe in ihrem Leben viele schmerzliche Momente durchzustehen. Was ich erlebt hätte, gehöre dazu. Ich solle einfach mit Natron angedickten Brei essen und heiße Bäder nehmen, das beschleunige die Heilung.

Die Ehepflicht! Man zitierte mir einen Hadith des Propheten: *Unglück über eine Frau, die ihren Mann wütend macht, und glücklich sei die Frau, deren Mann mit ihr zufrieden ist!* Ich täte also gut daran, möglichst schnell herauszufinden, wie ich meinen Mann zufriedenstellen könne.

Auch der Arzt hielt sich nicht lange mit mir auf. Es war keine Vergewaltigung. Alles war normal gelaufen. Ich sei nur ein bisschen empfindlicher als andere Frischverheiratete. Mein Mann sei halt jung und verliebt! Klar, dass er da so stürmisch sei. So liefen die Dinge eben. Wer hatte es überhaupt gewagt, von Vergewaltigung zu sprechen? In der Ehe gibt es keine Vergewaltigung!

Später erklärte mir Goggo Diya, sie habe sich für mich geschämt, weil ich so laut gewesen sei: Bestimmt hätten mich alle gehört. Auch im Krankenhaus hätte ich nicht aufgehört zu brüllen, als man mir die Wunde nähte. Das sei schamlos gewesen. Das Ganze sei ihr so unangenehm gewesen, dass sie während der Hochzeitsnacht fast das Haus verlassen hätte. Selbst mein Vater und mein Schwiegervater hätten wohl mitbekommen, dass mein Mann gerade Hand an mich legte! Was für eine Schande! Wie unanständig! Wie vulgär! Das war doch ein intimer Moment! Wie wollte ich den anderen jetzt noch in die Augen sehen? Was für ein Mangel an Mut, an *munyal*! An *semteende*, an Zurückhaltung! Wo war der *pulaaku* geblieben, den man mir immer eingeschärft hatte? Ein Pullo stirbt schweigend wie ein Schaf und meckert nicht wie eine Ziege! Ich sei selbst schuld, wenn ich mehr als andere gelitten hätte. Hätte ich ihn einfach machen lassen, wäre mir das erspart geblieben. Goggo Nenné habe ihr berichtet, Ramla sei so rein gewesen wie ich, aber im Gegensatz zu mir habe man von Ramla keinen Laut gehört.

Ich schwieg. Ich hatte nichts mehr zu sagen.

Meine Tanten machten sich daran, den *bassissé*, einen Milchreis mit Butter, zuzubereiten. Er wurde an die ganze Familie und besonders an die jungen Mädchen verteilt, um ihnen zu zeigen, dass ich, Hindou, bis zur Heirat Jungfrau geblieben war. Das sollte sie ermuntern, es mir gleichzutun.

Man pflegte also meinen Körper, aber nicht meinen Geist. Niemand kam auf die Idee, dass tiefere und quälendere Wunden in mir weiterschwärten. Man sagte mir nur immer wieder, es sei nichts Dramatisches geschehen. Nur etwas ganz Gewöhnliches. Nichts als eine traumatische Hochzeitsnacht. Aber seien nicht alle Hochzeitsnächte traumatisch? Man warf mir vor, die Ratschläge meines Vaters nicht verstanden zu haben.

Ich soll mich meinem Mann unterordnen!

Ich soll meinen Geist vor Ablenkung hüten!

Ich soll ihm eine Sklavin und er mein Gefangener sein!

Ich soll ihm die Erde und er mir der Himmel sein!

Ich soll ihm der Acker und er mir der Regen sein!

Ich soll ihm ein Bett und er mir ein Heim sein!

Am Tag nach der Hochzeitszeremonie kehrten alle nach Hause zurück und ich richtete mich in meinem neuen Leben ein. Moubarak war etwas weniger hitzig, zeigte aber nicht den geringsten Anflug von Reue. Es war nichts passiert. Waren wir nicht verheiratet?

3

Die Tage und Nächte verstrichen nach den immer gleichen Abläufen am großen Hof meines Onkels. Ich hielt mich an die Familiengewohnheiten, die sich seit Ewigkeiten nicht geändert hatten.

Mein Onkel war nun mein Schwiegervater. Folglich musste ich mich von ihm fernhalten, meine Schuhe ausziehen, bevor ich an ihm vorbeiging, den Blick senken und mich zum Gruß verbeugen. Meinen Schleier durfte ich in Anwesenheit meiner Tante, die nun meine Schwiegermutter war, nicht ablegen. Ich durfte vor ihr weder essen noch trinken. Außerdem musste ich es vermeiden, zu sprechen, mich zu unterhalten oder zu lachen. Mein Cousin Moubarak war nun mein Mann. Ich schuldete ihm Unterwerfung und Respekt.

Mit dem ersten Hahnenschrei stand ich zum Morgengebet auf. Der ganze Hausstand wurde zur selben Uhrzeit wach, auf jeden warteten klar definierte Aufgaben. Wenn sich die Frauen nicht gerade in der Küche abplagten, putzten sie ihre Wohnungen. Junge Mädchen, die als Bedienstete angestellt waren, fegten die Gemeinschaftsräume. Die Kinder, unabhängig davon, ob sie schon zur Schule gingen oder nicht, begannen den Tag mit dem Koran, den sie unter Aufsicht eines Religionslehrers lasen – außer am Donnerstag und Freitag, dem islamischen Wochenende.

Onkel Moussa wachte persönlich darüber, dass alle zur Morgendämmerung auf waren, und schreckte nicht davor zurück, bei den Ungehorsamen an die Tür zu klopfen. *Wer früh aufsteht, wird belohnt, wer sich nicht daran hält, bringt Unglück und Unheil über sich!*, donnerte er.

In der Küche wechselten wir – ich, die vier Frauen meines Onkels und die meiner Cousins – einander ab. Der *defande*, die persönliche Zuständigkeit, dauerte für jede von uns vierundzwanzig Stunden: Er begann mit dem Abendessen und endete am nächsten Tag mit dem Mittagessen. Unsere Schwiegermütter ließen uns zwar die Mahlzeiten zubereiten, kümmerten sich aber selbst um deren Ausgabe an die verschiedenen Gruppen der Familie. Sie wollten vermeiden, dass uns in unserer Unerfahrenheit Fehler bei der Verteilung unterliefen. Das Essen wurde im *zawleru* serviert, der Hauptgang war für die Männer bestimmt, dann gab es Speisen für die Frauen und schließlich, je nach Geschlecht und Alter, die für die Kinder. Jede Ehefrau hatte außerdem die Pflicht, ihrer Schwiegermutter behilflich zu sein, wenn diese an der Reihe war. In der Regel nahm sie ihr früher oder später die ganze Hausarbeit ab.

Das Essen war nicht besonders ausgefallen, nicht besonders gesund und praktisch immer dasselbe. Onkel Moussa ließ Schafe, Hühner oder ein Rind schlachten; das meiste davon wurde tiefgefroren und manche Teile frittiert oder getrocknet. Zu jedem Essen gab es Fleisch. Mit Tomatensoße, geschmort, gekocht oder mit Gemüse. Dazu gab es Reis, manchmal wurde er durch rote Hirse, Sorghum oder Mais ersetzt. Unsere erste Mahlzeit des Tages bestand meist aus Reis mit Fleischsoße, zu dem wir frische, am selben Tag gemolkene Kuhmilch oder einen Brei aus Dickmilch und Erdnussbutter tranken. Kaffee und Tee wurden jeden Morgen frisch zubereitet und den ganzen Tag über in großen Thermoskannen aufbewahrt. Nur die Männer hatten Anspruch auf Brot und Beignets, kleine frittierte Teigbällchen, denn hätte man allen im Haus, in dem über zwanzig Erwachsene und ein Dutzend Kinder lebten, davon abgegeben, hätte das Ausgaben erfordert, die mein Onkel für sinnlos erachtete.

Bei den Vorräten durften wir uns nicht selbst bedienen. Es war die *daada-saaré*, die erste Frau meines Onkels, die uns gab, was wir zubereiten sollten, wobei immer mögliche spontane Besuche entfernter Verwandter oder Bekannter mit einzurechnen waren. War sie nicht da oder verhindert, übernahm die Zweitfrau die Verantwortung für den Hausstand.

Abends aßen die Männer unter sich. Mein Onkel hatte einen Koch angestellt, der für die Männer ein Gericht zubereitete, das abwechslungsreicher und opulenter war als das für die Frauen. Neben dem klassischen Couscous mit Gemüsesoße bekamen die Männer Pommes frites aus Kartoffeln oder Kochbananen, natürlich Fleisch, aber auch gebratenen Fisch, Getreidebrei, Salat und natürlich Tee oder Kaffee.

Währenddessen aßen auch wir Frauen gemeinsam. Dass eine von uns sich zum Essen zurückzog oder sich gar ein bestimmtes Gericht wünschte, kam nicht infrage. Wenn ich auf irgendetwas Bestimmtes Lust hatte, rief ich meine Mutter an, die mir das Gericht dann heimlich brachte, oder ich fragte Moubarak – vorausgesetzt natürlich, er hatte gute Laune.

Bei der Arbeit im großen *hangar*, der sich vor den Wohnungen unserer Schwiegermütter befand und den Frauen im Haus als Gemeinschaftsort diente, verbrachten wir Frauen viel Zeit miteinander. Dort unterhielten wir uns, knackten Erdnüsse und schnitten Gemüse, dort flochten wir Zöpfe und bemalten stundenlang Hände und Füße mit Henna. Wir durften auch fernsehen, aber nur die arabischen Sender. Nachdem Onkel Moussa seine Frauen einmal dabei erwischt hatte, wie sie gebannt vor einer Serie saßen, in der hauptsächlich geküsst wurde, hatte er westliche und afrikanische Sender verboten. Außer sich vor Wut hatte er unverzüglich einen Techniker gerufen und ihm aufgetragen, alle sogenannten »Teufelssender« zu sperren. Immerhin ließ der gute Mann uns Zugang zu den Bollywood-Filmen, deren romantische Liebesgeschichten uns verzückten, wann immer der

Hausherr gerade abwesend war. Doch sobald er zurückkehrte, war der einzige Sender, den man hörte, wieder der aus Mekka: die Stimme der Imame.

Moubarak dagegen schaute, was er wollte. Er besaß ein Kabel, mit dem er alle westlichen Sender empfing. Außerdem hatte er einen DVD-Player und keine Bedenken, sich Pornofilme zu beschaffen. Für ihn war das ein neues Folterinstrument, mit dem er mich noch besser quälen konnte. Denn er zwang mich, die Szenen, die er gesehen hatte, nachzuspielen. Für ihn eine Gelegenheit, mich zu erniedrigen und zu verletzen, indem er mir von seinen vielen Abenteuern berichtete und mich herausforderte, der Familie davon zu erzählen. Natürlich wusste er, dass ich das nicht tun würde: Die Tradition verbietet, dass man über Sex und alles, was damit zusammenhängt, spricht.

Mit der Zeit erkannte ich, was für ein unberechenbarer Mann Moubarak war, unglaublich dünnhäutig und zugleich zu grenzenloser Wut imstande.

Ich spürte die vielen Verletzungen und die riesige Frustration in ihm, die er mit seiner trotzigen Haltung gegenüber Konventionen zu kompensieren versuchte. Hin und wieder war er sogar guter Laune. Dann konnte er charmant sein und das Leben an seiner Seite war erträglich. An solchen Tagen war er zuvorkommend und freundlich zu mir, und wir konnten uns stundenlang unterhalten. Dann ging er abends mit mir aus, ohne den anderen Familienmitgliedern davon zu erzählen, und wir machten lange Spaziergänge und besuchten seine Freunde. Ab und an erzählte er mir von seinen Geschäftsideen und wie enttäuscht er von seinem Vater sei, weil dieser ihm keine finanzielle Unterstützung bot. In solchen Momenten ertappte ich mich dabei, dass ich Sympathie für ihn empfand.

An seinen schlechten Tagen dagegen war Moubarak übelster Laune. Er war sauer, sprach kein Wort mit mir und regte sich bei jeder Gelegenheit über mich auf. An solchen Tagen versuchte ich mich so unsichtbar wie möglich zu machen. Glücklicherweise verbrachte er dann die meiste Zeit in seinem Zimmer, schluckte Pillen und verließ das Haus erst, wenn es dunkel wurde. Wenn er dann spätnachts zurückkam, war er stockbetrunken. Obwohl wir beide eigene Zimmer hatten, musste ich noch zu ihm und das Bett mit ihm teilen. Aber in seinen durchzechten Nächten umging ich diese Ehepflicht und schloss mich in meinem Zimmer ein, um seinen Tobsuchtsanfällen zu entkommen.

Einmal aber kam er gegen zwei Uhr morgens zurück und trommelte gegen meine Tür. Ich tat, als hörte ich ihn nicht, und täuschte tiefen Schlaf vor. Doch er ließ nicht locker.

»Mach auf, Hindou! Du gehörst ins Ehezimmer! Mach auf oder ich schlag alles kaputt, ich warne dich ...«

Er machte solchen Lärm, dass ich befürchtete, er würde das ganze Haus wecken. Vor allem aber hatte ich Angst, dass er seine Drohung wahrmachte. Ich zog mich hastig an. In der Sekunde, in der ich die Tür aufsperrte, traf seine Faust mein rechtes Auge.

»Das soll dir eine Lehre sein! Du hast kein Recht, dich einzusperren! Du wartest auf mich, egal wie viel Uhr es ist, ist das klar?«

Ich wankte, und während ich versuchte, das Gleichgewicht wiederzufinden, griff ich nach den Vorhängen, die mitsamt den Stangen in einem ohrenbetäubenden Krach zu Boden polterten. Hamza, ein jüngerer Bruder von Moubarak, eilte aus seinem Zimmer und konnte gerade noch verhindern, dass Moubarak ein zweites Mal zuschlug.

»Moubarak, was ist los mit dir? Sie hat dir nichts getan! Schau mal, um wie viel Uhr du deine Frau weckst, nur um sie zu schlagen!«

»Halt dich da raus! Das ist meine Frau, ich kann mit ihr machen, was ich will.«

»Ja, das ist deine Frau! Und deshalb solltest du sie auch nicht prügeln! Wenn du schon keinen Respekt vor deiner Cousine hast, hab ihn wenigstens vor deinem Onkel, ihrem Vater! Wenn hier jemand das Recht hat, wütend zu sein, dann sie! Du kommst um zwei Uhr morgens nach Hause!«

»Nur weil du Angst vor deiner Frau hast, heißt das nicht, dass ich auch welche vor meiner haben muss! Sieh dich doch an, Hamzalein, immer brav, immer ein guter Junge. Deine Frau respektiert dich nicht! Du bist wie ihr Schoßhündchen! Du bist eine Schande für alle Männer hier!«

Mehr brauchte es nicht. Mit einem Faustschlag brachte Hamza ihn zum Schweigen. Madina, Hamzas Frau, warf sich dazwischen. Beide versuchten wir, die zwei Brüder zu trennen. Vergeblich. Kurz darauf griffen die Mütter ein, dann die anderen Brüder, schließlich Onkel Moussa persönlich. Er war es dann auch, der die Schlägerei beendete.

Hamza wurde vorgeworfen, keinen Respekt vor seinem älteren Bruder gezeigt zu haben. Die Sitte wolle, dass der Ältere immer recht behält. Gleichzeitig wusste jeder, dass Hamza versucht hatte, mich zu beschützen. Das zeugte von Respekt vor meinem Vater, seinem Onkel, das ehrte ihn, aber hätte er nicht einen anderen Weg finden können?

Mir wiederum wurde vorgeworfen, mich vor der Rückkehr meines Mannes schlafen gelegt zu haben. Weshalb sei ich überhaupt nachts in meiner Wohnung gewesen? Ich hätte schließlich keine Mitfrau, bemerkte Hamzas Mutter. Dem Brauch entsprechend hätte ich mich nur tagsüber in meinem Zimmer aufzuhalten. Eine Frau habe schließlich das Bett ihres Mannes zu teilen. Kurz, ich hätte es nicht anders gewollt.

Unter vier Augen warf mir meine Schwiegermutter fehlenden Anstand und mangelnden Gehorsam vor. Sie erinnerte mich an meine Ehepflichten, ermahnte mich zu mehr Folgsamkeit und drohte, mir ihre Solidarität zu entziehen. Mein Verhalten würde die fragile Beziehung der beiden Brüder gefährden, die sich nicht leiden konnten und nur den kleinsten Vorwand brauchten, um sich gegenseitig umzubringen. Noch dazu würde sie nun bestimmt noch öfter mit Hamzas Mutter streiten, der feindseligsten ihrer Mitfrauen.

Ich nickte einfach alles ab.

In den darauffolgenden Tagen übersah mich Moubarak. Wie auch der Rest der Familie wich er meinem Blick und damit meinem blauen Auge aus. Es war nur ein Missverständnis gewesen. Ein weiteres!

4

Es ist ein brütend heißer Nachmittag, wie so oft im März in Maroua. Der Himmel ist strahlend blau. Die Luft steht. Fünfundvierzig Grad. Bei dieser lähmenden Hitze ist es still im Haus. Selbst die Kinder haben aufgehört zu spielen. Wir alle suchen Zuflucht im Schatten. Ich sitze auf meiner Veranda und nähe eine Tischdecke mit Blumenmuster. Während die Finger den feinen Faden umspielen, schweifen die Gedanken ab.

Plötzlich lässt mich das Geknatter eines Motorrads aufhorchen. Es ist Moubarak, hinter sich ein aufgetakeltes Mädchen in einem hautengen Damast-Kleid, das ihre Kurven betont. Mit ihren vielleicht zwanzig Jahren stelzt sie in Stöckelschuhen, mit denen sie sich früher oder später die Knöchel brechen wird, über den sandigen Weg. Moubarak wirft mir einen abfälligen Blick zu, dann führt er seinen Gast in den Salon.

Ihr lebhaftes Gespräch dringt bis zu mir nach draußen, dazwischen schallendes Gelächter, das sich mir wie Nadelstiche ins Herz bohrt. Was soll ich tun? Ich kann ihm nicht einfach eine Szene machen. Meinen Verwandten und Freunden wäre nichts lieber, als dass sie mir vorwerfen könnten, ich hätte Schande über Moubarak gebracht und die Würde und Ehre meines Mannes verletzt. Während ich noch wütend und erniedrigt auf der Veranda stehe und überlege, wie ich mich verhalten soll, höre ich plötzlich, wie Moubarak die Tür zu seiner Wohnung von innen abschließt. Das Klappern der Schlüssel im Schloss versetzt mir einen Schock und mit einem Mal erwache ich aus meiner Starre.

Das plötzliche Surren der Klimaanlage in unserem Schlafzimmer zerreißt die Stille. Mein Stolz ist so verletzt, dass ich zitternd vor Wut in mein Zimmer stürme, mir meinen Schleier überwerfe und durch die Hintertür das Haus verlasse.

Ich bin erst ein paar Monate verheiratet und darf meinen Vater eigentlich noch nicht besuchen, aber das Bedürfnis, meine Mutter zu sehen und mich ihr anzuvertrauen, ist stärker. Die Straße ist wegen der Hitze wie leergefegt.

Meine Stiefmütter haben sich zu dieser Uhrzeit bestimmt in ihre Wohnungen zurückgezogen. Ich nehme den Schleier ab und betrete leise das Zimmer meiner Mutter, die gerade ihr Gebet beendet hat. Sie sitzt noch auf dem Teppich und lässt die Gebetskette durch ihre Finger gleiten. Als sie mich bemerkt, sieht sie mich überrascht an, und noch bevor sie irgendeine Frage stellt, wirft sie einen ängstlichen Blick nach draußen. Erleichtert, dort keine ihrer Mitfrauen zu sehen, schließt sie schnell die Tür zu ihrem Zimmer.

»Was ist los, Hindou? Was machst du hier?«

Ich weine und bringe kein Wort heraus. Es tut gut, sie wiederzusehen. Auch sie weint. Bewegt und zugleich besorgt schließt sie mich in die Arme. Welches Unglück kann so groß sein, dass eine junge Ehefrau am helllichten Tag das Haus verlässt? Und, schlimmer noch, ihre Eltern aufsucht?

»Hindou, mein Kind«, wiederholt sie, »was ist los? Sprich mit mir!«

»Moubarak!«, stoße ich zwischen zwei Schluchzern hervor. »Ich weiß ja, dass er trinkt, Drogen nimmt, in Clubs geht, Freundinnen hat –«

»Ja, das wissen alle. Auch dein Vater wusste es«, bemerkt sie nachtragend.

»Aber jetzt ist er gerade mit einem Mädchen in seinem Zimmer, in unserem Haus.«

»Was?«, fragt sie fassungslos.

Sie ist so empört, dass ihre Augen vor Wut glänzen. Diesmal ist Moubarak zu weit gegangen. Sprachlos geht sie auf und ab und lässt sich schließlich aufs Bett fallen.

»Vielleicht irrst du dich! Wahrscheinlich ist sie eine Freundin von –«

Ich falle ihr ins Wort und setze mich zu ihr:

»Sie haben sich eingeschlossen.«

»Das kann doch nicht wahr sein!«

Meine Mutter ist die vierte Frau meines Vaters – die einzige gebildete. Die Beziehungen zu ihren Mitfrauen sind geprägt von Konflikten und Eifersucht. Deshalb will sie nicht, dass die Familie von meinen Sorgen erfährt, meine Stiefmütter würden sich zum Schein zwar solidarisch geben, sich insgeheim aber das Maul zerreißen und damit den Stolz und die Ehre meiner Mutter verletzen. Nein, ihre Mitfrauen sollen nichts davon erfahren, zumindest nicht sofort! Wie sehr würden sie sich freuen, wenn die letzte und bevorzugte Mitfrau Kummer hätte! Denn auch wenn die Frauen scheinbar gut miteinander auskommen, herrscht zwischen ihnen eine stumme Rivalität, die auch auf die Kinder abfärbt. Nicht nur die Mitfrau wird gehasst, sondern auch ihr Nachwuchs. Nicht nur ihr wird Unglück gewünscht, sondern auch ihrer ganzen Familie. Vor allem soll der Vater keines ihrer Kinder vorziehen und diesem mehr Aufmerksamkeit schenken.

Meine Mutter befiehlt mir, im Zimmer zu bleiben, dann läuft sie schnurstracks zu meinem Vater. Es ist nicht ihr *defande*. Also wartet sie geduldig, bis die dritte Frau, die gerade den Kessel für die Waschung meines Vaters mit Wasser gefüllt hat, aus seiner Wohnung tritt.

»Doudou, ich muss dringend mit Alhadji sprechen!«

»Was ist los?«, fragt Doudou erstaunt.

Wenn es sich nicht um einen Notfall handelt, muss eine Frau warten, bis sie an der Reihe ist, um ihren Mann zu sehen. Doudou überspielt ihre Verwunderung und fragt:

»Ist etwas passiert?«

»Nichts Schlimmes. Alles in Ordnung! Aber ich muss ihm etwas sagen, bevor er zum Markt geht. Es ist wirklich dringend!«

»Vielleicht kann ich die Nachricht überbringen? Ich glaube, er hat es eilig. Erklär mir, was los ist, und ich erzähle es ihm.«

»Es ist persönlich. Sag ihm, er soll mich empfangen«, fordert meine Mutter.

»Na gut, ich versuche es!«, entgegnet Doudou widerwillig und verbirgt kaum, wie neugierig und zugleich verärgert sie ist.

Meine Mutter folgt ihr und wartet auf der Veranda. Schließlich empfängt mein Vater sie mit eisiger Miene. Die *zakat* ist bald fällig. Er hat seine Abrechnungen gemacht und den für die Almosensteuer bestimmten Teil, die *zakat*, die dritte der fünf Säulen des Islam, zur Seite gelegt. Auch wenn er offen zeigt, dass meine Mutter seine Favoritin ist, sind ihm ihre Kühnheit und ihr scharfes Urteil, wenn ihr etwas nicht passt, nicht ganz geheuer. Seit der Hochzeit ihrer Tochter ist sie extrem kalt zu ihm, was ihn langsam ärgert. Will seine Frau nicht allmählich einsehen, dass sie manches einfach nicht verstehen kann? Auch wenn er sie sehr liebt, konnte er seinen Bruder doch nicht enttäuschen, als der für seinen Sohn um die Hand seiner Tochter angehalten hat! Außerdem, was hatte sie denn erwartet? Ein Mädchen muss so oder so heiraten, als verantwortungsbewusster Vater hat er nur seine Pflicht getan.

»Was führt dich her, Amraou? Was ist so dringend, dass es nicht bis zu deinem *defande* heute Abend warten kann? Was würdest du für eine Szene machen, wenn du an der Reihe wärst und eine deiner Mitfrauen käme, um mich zu sehen?«

»Ich muss dringend mit dir sprechen. Es gibt ein Problem!«

»Sag bloß, das habe ich mir schon gedacht. Also, was ist?! Ich habe wenig Zeit. Ich werde erwartet.«

»Hindou ist hier. Sie ist zurückgekommen!«

»Was? Mitten am Tag!? Bevor das erste Jahr rum ist? Ach was, das erste halbe Jahr! Man merkt, wessen Tochter sie ist! Sie hat nicht das kleinste bisschen Geduld.«

»Du weißt ja nicht, was Moubarak getan hat. Er hat …«

»Das ist mir egal«, unterbricht mein Vater sie abwinkend. »Sie hätte wenigstens die Nacht abwarten können. Am helllichten Tag beleidigt zu seinen Eltern zu laufen, obwohl wir im selben Viertel wohnen und sie erst ein paar Monate verheiratet ist, das geht doch nicht! Du kannst gehen«, beendet er barsch das Gespräch.

»Aber …«

»Mir ist alles klar, du kennst meine Antwort. Geh«, brummt er ungeduldig. »Ruf meine Schwester Nenné. Sie soll sie möglichst unauffällig nach Hause bringen. Sie kann von Glück reden, dass ich keine Zeit habe, sie zu sehen, sonst hätte ich sie Anstand gelehrt! Das ist alles deine Schuld! Du bemutterst und verwöhnst deine Kinder viel zu sehr! Kein Wunder, dass sie sich nicht benehmen können. Wenn du ein bisschen standfester und strenger wärst, hätte sie sich anders aufgeführt. Sie ist nur gekommen, weil sie wusste, dass du ihr helfen würdest. Glaubst du etwa, Ramla würde sich so etwas trauen? Ich werde mit Hindou nicht sprechen, du kannst ihr ausrichten, sie soll mir in nächster Zeit besser aus dem Weg gehen! So eine Unverschämtheit!«

»Moubarak hat …«

»Nenné soll sie sofort zurückbringen, niemand darf davon erfahren. Wirklich ganz die Mutter! Auch sie denkt nicht an die Folgen! Was für eine Schande!«

»Ihr Mann ist wirklich zu weit gegangen. Er hat …«

»Egal! Egal, was Moubarak getan hat, er ist nicht nur ihr Mann, sondern vor allem auch ihr Cousin! Der Sohn meines Bruders! Wenigstens vor ihrem Onkel sollte sie ein bisschen Respekt haben! Gerade in schweren Zeiten ist es wichtig, duldsam zu sein. Wenn es wirklich so schlimm ist, hätte sie doch zu ihrer Tante gehen können! Aber einfach so zurückkommen! Und du? Was für eine Mutter bist du? Statt sie zurechtzuweisen und sie unauffällig nach Hause zu schicken, verstößt du lieber gegen die Sitten, verärgerst deine Mitfrau und kommst zu mir, obwohl sie an der Reihe ist! Das ist ja fast so, als wolltest du deiner Tochter recht geben! Verschwinde und schick Doudou zu mir!«

Als ich von der Reaktion meines Vaters erfuhr, konnte ich nicht mehr aufhören zu weinen. Meine Mutter saß mit versteinerter Miene in einer Ecke des Zimmers und hielt die Hände zu Fäusten geballt. Noch mehr als die Entscheidung meines Vaters ärgerten sie seine herablassende Art und seine verletzenden Worte. Seine Entscheidung konnte sie verstehen, auch wenn sie seine Meinung nicht teilte. Um mich zu trösten, erzählte sie mir ihre eigene Geschichte, zum ersten Mal. Teilweise kannte ich sie natürlich, doch ich hatte sie noch nie aus ihrem Mund gehört. Den Blick starr auf einen unsichtbaren Punkt an der Wand geheftet, wühlte sie in ihren Erinnerungen. Lautlos liefen ihr Tränen übers Gesicht, die sie hin und wieder mit einem Zipfel ihres Pagnes abwischte. Sie war traurig.

»Weißt du, Hindou, auch ich habe es mir nicht ausgesucht, deinen Vater zu heiraten. Ich habe aber auch nicht protestiert. Wozu auch? Meine Familie hat damals eine schwere Zeit durchgemacht, ich hätte es nie übers Herz gebracht, mich meinen Eltern in den Weg zu stellen.

Meine große Schwester war gerade gestorben. Ein plötzlicher, natürlicher Tod, der die ganze Familie überrascht hat. Wir haben uns Allahs allmächtigem Willen gefügt, aber unsere Fassungslosigkeit und Trauer waren stärker. Doch man stirbt erst dann, wenn die eigene Zeit auf Erden um ist! Ein Zeitpunkt, den der Schöpfer schon beim ersten Atemzug festlegt. Dieser Moment lässt sich nicht früher und auch nicht später herbeiführen. Wozu also klagen, wenn Allahs Entscheidung feststeht? An Heirat hatte ich nicht gedacht. Noch nicht. Ich war vierzehn, und meine große

Schwester, die schon ein paar Jahre mit deinem Vater verheiratet gewesen war, hinterließ drei Waisen. In der Familie erzählte man sich heimlich, der Fluch einer eifersüchtigen Mitfrau sei schuld an ihrem Tod. Das klang logisch: Meine Schwester Hidaya war sehr schön gewesen und sehr großzügig und war schon bald zur Favoritin ihres Mannes geworden.

Nach ihrem Tod rief mich meine Mutter in ihr Zimmer und empfing mich mit verweinten Augen. Mein Vater war auch da, sein Gesicht war finster. Beide tasteten ihre Gebetsketten ab, zum Zeichen, dass sie sich dem schrecklichen Schicksal fügten. Ich setzte mich in die Nähe meines Vaters, neugierig und ungeduldig zu erfahren, was sie von mir wollten.

Mein Vater räusperte sich, dann sagte er: ›Deine Schwester war ein gutes Mädchen, Amraou. In jeder Hinsicht. Sie wird ins Paradies kommen, *inschallah*. Ihre Mutter hat ihr vergeben und ihr Mann hatte ihr nie etwas vorzuwerfen.‹

›Natürlich, Baaba!‹, sagte ich.

›Auch ich habe ihr keine Vorwürfe zu machen. Sie ist immer ein nettes und braves Mädchen gewesen. Sie hat mir alle Ehre gemacht und meine Würde bewahrt.‹

›Möge Allah ihr vergeben und sie in seinen Schoß aufnehmen‹, murmelte meine Mutter.

›*Amin!*‹, bekräftigte mein Vater. ›Ich habe lange nachgedacht! Seit ein paar Tagen geht mir immer wieder derselbe Gedanke durch den Kopf und ich habe vorhin deiner Mutter davon erzählt, für die auch nichts dagegenspricht. Im Gegenteil, sie hat mir zugestimmt. Alhadji Boubakari ist immer ein vorbildlicher Schwiegersohn gewesen, er ist ein großer Verlust für uns. Auch er empfindet das so, er ist schließlich nicht nur mein Schwiegersohn, sondern auch mein Freund. Was sage ich da, mein Bruder! Wir wurden zusammen beschnitten und haben dieselben Prüfungen durchgemacht. Uns verbindet tiefe Freundschaft, aber auch tiefer Respekt.‹

Er machte eine Pause, wie um sich die Erinnerungen wieder ins Bewusstsein zu rufen, dann sprach er weiter:

›Amraou, auch du bist ein braves und gehorsames Mädchen. Du hast dich immer gut benommen und ich weiß, dass ich dir vertrauen kann. Du bist schon alt genug, um zu heiraten. Also wirst du den Platz deiner Schwester einnehmen. Du wirst ihre Kinder großziehen und sie beschützen, als wären es deine eigenen. Du wirst ihr Zimmer beziehen und ihren Besitz erben. Du heiratest Alhadji Boubakari in einer Woche. Es wird natürlich weder ein Fest noch sonst irgendwelche Zeremonien geben. Es tut mir etwas leid, dass ich nicht die Ferien abwarten kann. Aber du bist klug und hast auf der Schule gelernt, so viel du konntest. Du kannst lesen und schreiben. Das ist mehr als genug. Eine Frau gehört vor allem ins Haus. Das ist es, was ich dir zu sagen hatte. Ich hoffe, du wirst mich stolz machen und ein guter Ersatz für deine Schwester sein.‹

Ich war so überrascht, dass ich gar nicht reagieren konnte. Doch was hätte ich auch sagen können? Natürlich war die Ehe die einzige Perspektive für ein Mädchen. Seinen Eltern zu widersprechen, kam nicht infrage. Wie schon das fulbische Sprichwort sagt: *Was ein älterer Mensch im Sitzen wahrnimmt, kann ein Kind nicht mal im Stehen sehen!*

Mein Vater hatte einen Mann für mich ausgesucht. Einen Mann, den er schätzte und respektierte. Als pflichtbewusstem Mädchen blieb mir gar nichts anderes übrig, als seinem Wunsch zu folgen. Ich hatte eine Woche Zeit, um mich mit dem Gedanken abzufinden. Das Haus meiner Schwester kannte ich natürlich schon. Ich war auch bereits ihren Mitfrauen begegnet und hatte mit ihren Kindern gespielt. Ich hatte mehrere Nächte in ihrem Zimmer verbracht und ihren Mann immer höflich gegrüßt, wenn ich ihm über den Weg lief. Was für eine Ironie des Schicksals, dass ich als Ehefrau dorthin zurückkehren musste!

›Du wirst in ihre Fußstapfen treten und ihren Kindern eine Mutter sein. Sie sollen sie nie vermissen‹, redete meine Mutter auf mich ein. ›Und wenn du selbst Kinder bekommst, sollen sich die Kinder deiner Schwester nie vernachlässigt fühlen.‹

›Ich habe Boubakari schon gesagt, wie ich mich entschieden habe‹, erklärte mein Vater noch. ›Er war sehr bewegt. Ich freue mich, in dieser schweren Zeit eine Lösung gefunden zu haben, die alle zufriedenstellt. Allah wacht über die leidenden Seelen. Endlich eine gute Nachricht nach so viel Unglück!‹

Tränen strömten mir über die Wangen. Auch meine Mutter weinte still vor sich hin. Mein Vater stand auf und sagte nur:

›Geduld, *munyal*! Gegen den Willen Gottes sind wir machtlos.‹

So also hat mein Leben als Ehefrau begonnen. Ohne großes Trara. Ich wurde einfach in das Zimmer meiner Schwester gesetzt. Mir wurde alles geschenkt, was ihr gehört hatte. Und bei Einbruch der Dunkelheit wurde ich ins Zimmer ihres Mannes geführt. Man ließ mir keine Zeit, zu lernen, Ehefrau oder Mutter zu sein. Aber es sind auch Dinge, die man nicht lernen kann. Eine Frau kommt schon als Ehefrau und Mutter zur Welt. Ja, du wusstest es schon, deine großen Brüder sind deine Halbbrüder, aber sie sind auch deine Cousins. Nein, sie sind einfach deine Brüder, denn ich habe sie wie meine eigenen Kinder geliebt, beschützt und erzogen. Drei Kinder hat mir Hidaya hinterlassen, außerdem das Geschirr in ihrem Schrank, die Möbel, die sie von unserem Vater als Hochzeitsgeschenk bekommen hatte, und schließlich auch ihren Mann und ihre drei Mitfrauen. Geduld! Ich wurde so oft dazu ermahnt. Die Streitigkeiten zwischen uns Mitfrauen nehmen kein Ende, nicht einmal eine Verschnaufpause ist möglich, weil jede nur einen Moment der Schwäche abwartet, in dem sie ihre Rivalin verunsichern kann. Ich habe gelernt, mich vor allen zu schützen. Nicht nur vor den Mitfrauen musst du dich hüten, sondern auch vor den intriganten Schwägerinnen, den eifersüchtigen Frauen der Schwäger, den Kindern des Ehemannes, vor seiner Mutter und seiner ganzen Familie!«

Seit einer Weile schon war die Stimme meiner Mutter wegen der Tränen, die ihr über die Wangen liefen, brüchig. Nach einem mühsam heruntergeschluckten Schluchzen sagte sie schließlich:

»Der Lebensweg der Frauen ist schwer, mein Kind. Die Zeiten der Sorglosigkeit sind kurz. Wir haben keine Jugend. Wir haben nur sehr wenige Freuden. Wir finden Glück nur dort, wo wir es selbst verbreiten. Du musst selbst einen Weg finden, um dir dein Leben erträglich zu machen. Oder besser: um es dir annehmbar zu machen. Das ist es, was ich all diese Jahre getan habe. Ich habe meine Träume begraben, um meine Pflichten besser annehmen zu können.«

Meine Tante Nenné, die meine Mutter zu sich gerufen hatte, kam nun, ohne anzuklopfen, ins Zimmer. Goggo Nenné war mit meiner Mutter befreundet, sie verstanden sich gut. Und meine Mutter versprach sich angesichts der demütigenden Situation guten Rat von ihrer Schwägerin. Es brach ihr das Herz, ihre Tochter so unglücklich und erniedrigt zu sehen. Noch schlimmer aber war für sie, dass ihr Unglück ein gefundenes Fressen für ihre Mitfrauen war und diese es skrupellos ausschlachten würden, nur um ihre Rolle als Favoritin, die sie sich so mühselig erarbeitet hatte, zu schwächen.

Kaum war Goggo Nenné eingetreten, riss sie verblüfft die Augen auf und hielt sich die Hand vor den Mund:

»Hindou!? Was machst du hier? Was macht sie hier? Ist etwas Schlimmes passiert?«, fragte sie und wandte sich meiner Mutter zu.

»Ihr Mann, dieser Gauner – mein Gott, so ein Unglück! Ihr Vater will, dass du sie unauffällig nach Hause bringst. Niemand weiß, dass sie hier ist. Niemand soll davon erfahren, erst recht nicht meine Mitfrauen, diese Hexen!«

»Du hast recht. Hindou, steh auf! Wir gehen gleich los, bevor jemand merkt, dass du hier bist. Kindchen, du treibst es wirklich zu weit. Egal, was passiert ist, du hättest doch wenigstens die Nacht abwarten können! Was für eine Schande! Denk doch vorher ein bisschen nach!«

»Moubarak ist mit einer Frau in unserem Schlafzimmer!«, erwiderte ich aufgebracht und hilflos.

»*Ya Allah!* Keinen *pulaaku*, dieser Junge! Seiner Frau so etwas anzutun! Und noch schlimmer, seiner Cousine! Mein Gott, was für eine Schande! In was für einer Welt leben wir?!«

»Er kennt keine Grenzen. Hätte Alhadji nur auf mich gehört! Er hätte dieser Ehe nie zugestimmt. Ich könnte den Kerl umbringen!«

»Solche Probleme löst man nicht mit Gewalt, Amraou. Ich hatte dich davor gewarnt, tatenlos zuzusehen. Aber du willst ja nicht wahrhaben, was um dich herum passiert. Wenn du so weitermachst, werden deine Feinde nicht nur dich kriegen, sondern auch deinen Kindern werden sie keine Ruhe lassen! Wenn du zu den Marabouts gegangen wärst, wie ich es dir geraten habe, wenn du deine Tochter beschützt hättest, wenn du dir etwas mehr Mühe gegeben hättest, damit ihr Mann sie liebt, wäre das nicht passiert! Du bist naiv, Amraou. Und deine Tochter auch. Du hast den Feinden deiner Mutter gerade große Freude bereitet, Hindou. Für alle, die sie hassen, ist ihr Unglück eine gute Nachricht. Du hast deine Kalebasse mit Milch offen herumstehen lassen, jetzt weiden sich die Fliegen daran!«

»Was soll ich tun, Nenné?«, fragte meine Mutter. »Ich war nicht untätig, wie du mir unterstellst. Ich habe mich verteidigt, so gut es ging, aber es sind zu viele, die es auf mich abgesehen haben. Was kann ich tun, allein gegen alle? Bei wem sollte ich Schutz suchen? Kennst du etwa jemanden?«

»Ich habe von einem großen Marabout in einem Nachbardorf gehört.«

»Kannst du das in die Hand nehmen?«

»Gleich morgen, *inschallah.* Aber jetzt steh erst mal auf, Hindou, ich bring dich nach Hause. Reiß dich zusammen, ignorier Moubarak. Eine Frau muss ihr Haus nicht verlassen. Du kannst deinem Mann auch zu Hause zeigen, dass du sauer bist. Du musst auch begreifen: Du demütigst nicht ihn, sondern dich selbst, wenn du solche Sachen erzählst. Und versteh endlich, für alles, was du tust, muss deine Mutter geradestehen.«

Moubarak hat vor meinen Augen, in unserem Schlafzimmer, eine Affäre. Aber ich bin die Schuldige. Ich habe nicht genug Geduld!

Moubarak hat seine Geliebte in unser Haus gebracht und schuld daran sind meine Stiefmütter, die mich bestimmt verflucht haben. Schuld ist meine Schwiegermutter, die mich hasst, schuld ist die Frau, die ihn verführt hat, schuld ist meine Mutter, die weder mich noch sich selbst schützen konnte.

Morgen wird Goggo Nenné die Sache in die Hand nehmen …

5

Kräuter, um mich unbesiegbar zu machen, *gaadé*, um meine scheinbar mangelhafte Attraktivität zu steigern, Pülverchen, die ich Moubarak heimlich in den Tee mischen soll, um ihn an mich zu binden, und noch viele andere Wundermittel: All das hat Goggo Nenné vom Marabout mitgebracht.

Aber nichts davon scheint zu helfen! Nichts bringt Moubarak von seinen schlechten Gewohnheiten ab. Weder die Kräuter noch die Gebete, auch nicht meine Unterwerfung und am wenigsten meine Geduld. Mein Mann hat zahlreiche Affären, er trinkt, nimmt Drogen und kommt immer erst spät nach Hause. Nach wie vor schlägt er mich und überhäuft mich mit Beschimpfungen, die entwürdigend und erniedrigend sind. An meinem Körper mehren sich Blutergüsse, Kratzspuren und blaue Flecke – vor den Augen der ganzen Familie, die es gleichgültig hinnimmt. Alle wissen, dass Moubarak mich schlägt, und finden es normal. Es ist ganz natürlich, dass ein Mann seine Frauen zurechtweist, beschimpft oder verstößt. Weder mein Vater noch meine Onkel sind da eine Ausnahme. Sie alle mussten schon mal eine ihrer Frauen schlagen. Bedenkenlos beschimpfen sie Frauen, Kinder und Angestellte. Warum sollte es bei mir anders sein? Wozu sich überhaupt damit aufhalten? *Es ist ein göttliches Recht*, flüstert mir eines Tages eine belesene Frau zu. *Im Koran steht, ein Mann darf seine Frau bestrafen und schlagen, wenn sie sich auflehnt. Aber er darf sie nicht im Gesicht treffen*, weist sie mich mit schockiertem Blick auf mein blaues Auge hin.

Ich bin gerade erst aus der Pubertät heraus und schon gehe ich ein. Als würde ich unbewusst versuchen, unter der Erde zu verschwinden und unsichtbar zu werden. Meine Haut ist blass, mein Körper mager wie ein Skelett. Ich schlottere in meinen Pagnes und gehe pausenlos in panischer Angst auf und ab. Schlaflos liege ich nachts mit allen möglichen morbiden Gedanken im Finsteren und komme erst am frühen Morgen, zum ersten Gebet des Tages, ein wenig zur Ruhe. Mein Leben richtet sich nicht mehr wie zu Beginn nach dem immer gleichen Rhythmus der großen Hofanlage, sondern nach den wechselhaften Launen von Moubarak, der nicht weniger sprunghaften Gemütslage meiner Schwiegermutter und der aller Frauen im Hof. Denn die Frauen können sich nicht aus dem Weg gehen und fühlen sich sowohl von den hohen Mauern, die sie umschließen, als auch von den immer dunkleren und schwereren Stoffen, die Onkel Moussa uns zu tragen zwingt, wie in eine Falle getrieben. Weil sie einander umkreisen wie Löwinnen im Gehege, vergeht kein Tag, an dem sie nicht streiten oder übereinander herfallen.

Was für eine Leere! Das Leben zieht vorbei und ein Tag ähnelt dem anderen. Wir kochen, kümmern uns um die Kinder und haben sonst nichts zu tun. Die Eintönigkeit von morgens bis abends, von abends bis morgens, sie lähmt uns und zermürbt uns.

Moubarak dagegen lebt im Rhythmus seiner Nervenzusammenbrüche. Er hat keine Arbeit und keinerlei Zukunftsperspektive. Sein Vater will nach wie vor keinen Franc in seine Geschäftsidee investieren und nennt ihn einen Versager, Faulenzer oder unverbesserlichen Gauner. Doch obwohl er nichts zu tun hat, ist ihm keine Arbeit gut genug, auf keinen Fall will er für jemand anderen arbeiten, ein Unternehmer will er sein, und seit er mit dem Trinken begonnen hat, hat er jede Hoffnung auf finanzielle Unterstützung durch einen seiner Onkel aufgegeben.

Ich bin für ihn zu einem Gegenstand geworden. An mir lässt er seine Wut und seine Verbitterung über seinen Vater aus.

Ich beklage mich nicht mehr, und wenn ich weine, dann heimlich, nachts, in den vier Wänden meines Zimmers.

Ich erwarte nichts mehr von den anderen. Weder Rettung noch Hoffnung. Entmutigt füge ich mich dem, was alle von mir wollen. Ich habe niemanden, dem ich mich anvertrauen kann. Unter den Frauen im Hof regiert das Unausgesprochene, und es herrschen Scheinheiligkeit und Misstrauen.

Ich selbst bin da keine Ausnahme: Ich werde egoistisch. Es geht mir nicht gut, den anderen auch nicht, doch ich sorge mich nur um mein eigenes Los. Immer mehr Nächte liege ich wach, und vom Schlafmangel habe ich Migräne. Zwar nehme ich die von Ärzten verschriebenen Medikamente und die von Heilern empfohlenen Wässerchen ein, aber nichts hilft. Die Erschöpfung nagt an mir und ich verspüre eine Angst, die nichts lindern kann. Ständig kribbeln und verkrampfen sich meine Glieder, was mich völlig ermattet. Mein Umfeld deutet das als Erkältung und rät mir, mich unter einer warmen Decke ins Bett zu legen. Ich versinke immer tiefer in Depressionen und habe manchmal Panikattacken, bei denen sich mein Hals so zuschnürt, dass ich die ganze Zeit nach Luft ringe. Ich kriege keinen Bissen mehr herunter, der Tod scheint mir der einzige Ausweg zu sein.

Eines Abends kommt Moubarak wie üblich betrunken und streitlustig nach Mitternacht zurück und verlangt, dass ich ihm einen Brei koche. Ich mache mich an die Arbeit, habe aber Angst, um diese Uhrzeit nicht alle Zutaten zu finden. In meiner Aufregung schaffe ich es nicht, das Feuer anzuzünden. Die Zeit vergeht und ich verzweifele bei dem Versuch, meinen Mann zufriedenzustellen.

Als er das Warten satthat, kommt er zu mir in die Küche. Und als er sieht, dass die Kochstelle noch immer nicht an ist, wird er wütend. Ein gehässiges Grinsen verzerrt sein Gesicht. Für einen kurzen Augenblick treffen sich unsere Blicke, dann läuft er ohne jede Erklärung in den Hof hinaus. Fieberhaft suche ich nach einem Holzscheit, als mich ein heftiger Schlag auf den Rücken trifft und mich in die Asche befördert. Benommen schaffe ich es noch aus einem Überlebensinstinkt heraus, mich abzuwenden und das Gesicht, so gut es geht, zu schützen, als drei weitere Schläge mit einem Sonnenschirm auf mich einprasseln und er mit Füßen auf mich eintritt.

»Du machst mir sofort diesen Brei oder ich bringe dich um!«, droht er und verschwindet in sein Zimmer.

Mein Gesicht ist geschwollen, mein Körper von Blutergüssen übersät, ich zittere am ganzen Leib. Mein Pagne ist mit Urin durchtränkt. Ich muss das Feuer anzünden, ich muss diesen Brei machen! Meine Hände zittern so sehr, dass ein Teil vom ohnehin nicht ausreichenden Mehl auf dem Boden landet.

Moubarak lässt nicht lange auf sich warten. Sein muskulöser Körper taucht erneut im Halbdunkel auf, sein unheimlicher Schatten zeichnet sich an der Türschwelle ab. In der Stille, die nur von meinem Atem durchbrochen wird, höre ich mein Herz wild gegen die Brust hämmern und ich flehe ihn zähneklappernd an:

»Bitte, ich beeile mich! Bitte …«

Ich weiche zurück, bis an die rußige Wand, kippe dabei den Teller mit dem restlichen Mehl um, halte mir schützend die Hände vors Gesicht und stammele:

»Ich beeile mich, ich mach ihn schon! Gib mir noch ein bisschen Zeit, ich …«

»Schon gut, Hindou. Vergiss den Brei. Ich will keinen mehr.«

»Ich mache das Feuer an. Ich …«

Die Panik schnürt mir die Kehle zu, sie erstickt mich, nimmt mir den Atem.

»Ich mach ihn gleich! Ich beeile mich!«

Als er auf mich zukommt, zittere ich so sehr, dass ich mich zum zweiten Mal in dieser Nacht einnässe. Die warme Flüssigkeit durchdringt den bereits feuchten Pagne, rinnt an meinen

Beinen herunter und hinterlässt eine Spur auf dem staubigen Boden. In meinem Kopf macht sich Leere breit. Mein ganzer Körper verkrampft sich in Erwartung der Schläge. Ich erstarre.

Wider Erwarten beruhigt ihn meine Angst und er stößt einen Seufzer aus.

Ich weiche noch weiter zurück, als wollte ich in der Wand verschwinden, und stammele weiter:

»Ich mach den Brei! Ich mach ihn gleich!«

»Komm«, sagt er, greift nach meiner Hand und zerrt mich ins Zimmer.

Er wirkt besänftigt:

»Geh duschen, Hindou, ich warte auf dich«, befiehlt er und schließt die Tür.

»Ich mach den Brei«, wiederhole ich völlig aufgelöst.

»Geh unter die Dusche.«

Als er sieht, dass ich noch immer am ganzen Körper zittere, schiebt er mich ins Badezimmer und sagt:

»Es ist vorbei. Ich schlage dich nicht mehr. Geh dich waschen.«

Ich dusche und lasse das Wasser an meinem verletzten Körper herunterlaufen, als könnte ich dadurch mein Leid abwaschen. Aus Angst, seine Wut erneut zu entfachen, bemühe ich mich, meine Tränen zu unterdrücken, doch es gelingt mir schlecht. Schließlich holt er mich aus dem Badezimmer, ich zittere immer noch.

Als ich neben ihm im Bett liege, vergewaltigt er mich zum Trost und erklärt mir, es sei meine Schuld, wenn er mich schlage, irgendwie würde es mir immer gelingen, ihn rasend zu machen. Er rät mir, in Zukunft gewissenhafter zu sein, und erklärt noch, dass er mir vergibt. Gähnend sagt er schließlich:

»Denk nicht mehr daran. Mir ist jetzt klar, dass ich dir wirklich Angst gemacht habe. Ich schlage dich nicht mehr. Ich bin heute einfach sehr genervt. Es ist vorbei! Schlaf, meine Süße. Ich liebe dich, ob du es glaubst oder nicht.«

Ich bekomme kein Auge zu. Neben mir schläft seelenruhig mein Mann, den Arm nachlässig auf meinen Körper gelegt. Der Schmerz im Rücken und Nacken bohrt immer tiefer. In dieser Nacht wird mir bewusst, in welcher Gefahr ich schwebe. Wenn ich weiterhin tatenlos zusehe und alles hinnehme, wird Moubarak mich irgendwann umbringen. Die Zärtlichkeit nach seinen brutalen Wutausbrüchen ist ein Szenario, das ich in- und auswendig kenne und das mich nicht mehr täuschen kann. Es wird immer so bleiben. Er wird mich auch weiter schlagen, Reue vorheucheln und versprechen, dass er es nicht wieder tut – bis zum nächsten Mal. Das weiß ich.

Moubarak wird sich nicht ändern. Ich könnte mich darüber beklagen, aber sie werden mir nur raten, geduldiger zu sein. Nur noch ein bisschen. *Wer geduldig ist, bereut es nicht*, werden sie mich ermahnen. Und wenn ein unglücklicher Schlag mich umbringen sollte, dann wird es eben Allahs Wille gewesen sein.

Noch vor Tagesanbruch habe ich meine Entscheidung getroffen. Trotz der Schmerzen gelingt es mir, aufzustehen und aus dem Zimmer zu schleichen, behutsam schließe ich hinter mir die Tür. Es ist noch dunkel. Der Muezzin ruft gerade zum ersten Gebet auf. Im *zawleru* ist das laute Schnarchen des tief schlafenden Hausmeisters zu hören. Ich werfe mir meinen schwarzen Mantel über, öffne, ohne sonst etwas mitzunehmen, die Hintertür und trete in die Nacht hinaus.

Ich habe keinen Plan. Ich weiß nicht, wohin. Ich weiß nur, wohin ich auf keinen Fall gehen darf. Meine Mutter, mein Vater und auch meine Onkel werden mir keine große Hilfe sein. Ich habe keine Freunde. Nicht genug Geld. Und keinen Ort, an den ich flüchten kann. Aber ich muss es tun. So schnell wie möglich fort. Weit weg von hier, weit weg von allem. Vor Tagesanbruch muss ich die größtmögliche Entfernung zwischen mich und Moubarak, zwischen mich und dieses Haus gebracht haben.

6

Mein Vater springt von seinem Sessel auf, er tobt vor Wut und richtet seinen drohend erhobenen Zeigefinger auf mich.

»Sag endlich die Wahrheit! Und wehe, du lügst, du Hurentochter! Ich weiß, dass du in Gazawa warst! Wen kennst du in Gazawa? Einen Mann? Hat meine Tochter jetzt Affären?!«

»Baaba, nein! Es ist nur –«

»Deine Mutter! Hat sie dich dazu angestiftet?«, brüllt er.

»Nein.«

»Na gut, ich bringe euch schon noch dazu, die Wahrheit zu sagen!«, schreit er und bebt vor Wut.

Ich habe schon einige Wutausbrüche meines Vaters miterlebt, aber noch nie habe ich ihn so hasserfüllt gesehen. Er ist so aufgebracht, dass er mir nicht einmal die Möglichkeit gibt, mich zu erklären und zu erzählen, was Moubarak mir angetan hat.

»Ich bring dich um!«

Nach meiner Flucht hat meine Familie tagelang nach mir gesucht und schließlich durch puren Zufall herausgefunden, dass ich mich in Gazawa befand, einer Gemeinde in der Nähe von Maroua.

Als ich ziellos das Haus verließ, war ich mir weder der Folgen für mich noch für meine Familie bewusst gewesen. Ohne jeden Plan war ich in den erstbesten Bus gestiegen. In den Gassen der kleinen Stadt hatte ich einfach den erstbesten Hof betreten. Einen Monat lang hatte ich den Alltag meiner Gastgeber geteilt, einer ländlichen Familie, in der Djebba, eine herzliche und großzügige Frau, mir Freundschaft und Schutz geboten hatte. Ohne mir Fragen zu stellen, die unter Umständen unangenehm gewesen wären, hatte sie meine Wunden versorgt, heilende Rinden ausgekocht und mir zum Trinken gegeben. Die Zuwendung von Djebba und ihrer Familie hatte mich meine Sorgen vorübergehend vergessen lassen. Ihre große Gastfreundschaft, die sie dem *pulaaku* entsprechend pflegten, gab mir das Gefühl, willkommen zu sein. Ich wusste, dass ich so lange bleiben konnte, wie ich wollte, ich gehörte dazu.

Währenddessen fragte sich meine Familie, was mit mir geschehen war. Moubarak hatte nur einen Streit erwähnt. Meine Familie machte sich auf die Suche. In einer Mischung aus Sorge und Wut hielten sie Ausschau nach dem kleinsten Hinweis, der sie auf meine Spur bringen könnte – bis eines Tages ein Freund der Familie sich erinnerte, auf der Fahrt nach Gazawa eine Frau gesehen zu haben, die der auf dem Foto glich, das man ihm gezeigt hatte. Als plötzlich Goggo Nenné und anschließend Onkel Yougouda in mein neues Leben platzten, nahm meine Flucht ein abruptes Ende.

Mein Onkel brachte mich auf schnellstem Weg nach Hause, setzte mich im Salon ab und befahl mir, unter der strengen Aufsicht meiner Tante auf die Rückkehr meines Vaters vom Markt zu warten. Meine Mutter kam herbeigeeilt und umarmte mich lange. Sie war blass und ausgezehrt. Ihr Oberteil hing schlaff an ihrem mager gewordenen Körper herab. Mit ihren gerade mal fünfunddreißig Jahren war sie in ihrem Kummer innerhalb eines Monats um zehn Jahre gealtert. Mein Vater verachtete sie für ihren Schmerz, er hatte ihr keine Ruhe gelassen und ihr die Schuld an meinem Ungehorsam gegeben.

»Oh, Hindou, was hast du bloß getan? Hast du denn gar kein Mitleid mit mir?«

Ich brach in Tränen aus.

»Moubarak hat mich an dem Abend halb totgeschlagen! Ich hatte solche Angst, aber ich wusste, wenn ich zu euch gekommen wäre, hättet ihr mich sofort wieder zu ihm zurückgebracht«, verteidigte ich mich.

»Natürlich hätten wir dich zurückgeschickt!«, erwiderte Goggo Nenné streng. »Du bist weder die erste noch die letzte Frau, die von ihrem Mann geschlagen wird! Das ist noch lange kein Grund, einfach so zu verschwinden! Wir hätten bestimmt eine Lösung gefunden. Du bist kein vom Baum gefallenes Blatt, das dem Wind ausgeliefert ist. Du hast eine Familie, die dich beschützt.«

»Ihr hättet mir doch nur gesagt, ich soll *geduldig* sein!«

»Und wir hätten damit recht gehabt! Geduld ist ein göttliches Gebot. Sie ist die erste aller Antworten. Sie ist die Lösung für alles.«

»Einmal hat mich mein Mann bewusstlos geschlagen. Ich bin auf den *canari* gefallen, den Krug, in dem wir das Wasser frisch halten. Er ist unter meinem Gewicht zerbrochen und ein Splitter hat sich tief in meinen Arm gebohrt. Moubarak hat das nicht gestört, er ist ausgegangen und erst am nächsten Morgen wiedergekommen. Ich bin erst mitten in der Nacht zu mir gekommen, das Haar voller Ameisen, mit brennendem Körper und blutverschmiertem Pagne. Ich habe dich rufen lassen, Tante, und habe es dir erzählt. Du hast mir nur zu mehr Geduld geraten. Auch meiner Schwiegermutter habe ich es erzählt, auch sie hat mich nur gebeten, Geduld zu haben.«

»Und deswegen hast du beschlossen, auszureißen?«, fragte Goggo Nenné höhnisch. »Gratuliere, da hast du eine Lösung gefunden!«

Ohne ein weiteres Wort zog ich mein Oberteil hoch und legte meinen Rücken und die großen, noch immer sichtbaren Blutergüsse frei. Mit der Zeit waren sie dunkler geworden, meiner Mutter entfuhr ein bestürzter Schrei.

»Oh Hindou, womit hat er dir das angetan? Warum hast du nichts gesagt?«

»Was hast du Moubarak angetan, dass er mit einer solchen Wut auf dich losgegangen ist?«, fragte meine Tante kühl. »Möge Allah uns bewahren. Du und dein Mann, ihr habt euch verdient! Es bringt nichts, sich in eure Geschichten einzumischen.«

»Ich will keine Geduld mehr haben!«, brüllte ich und fing erneut an zu weinen. »Es reicht mir! Ich habe es satt, alles hinzunehmen, ich habe versucht, es zu ertragen, aber ich kann nicht mehr! Geduld! Ich will dieses Wort nie wieder hören! Sagt nie wieder *›munyal‹* zu mir! Nie wieder!«

»Du hast zu viel durchgemacht, Hindou. Vielleicht mehr, als du solltest«, tröstete mich meine Mutter, während ich noch heftiger weinte.

»Erklär das deinem Mann, Amraou!«, warf Goggo Nenné nur trocken ein.

Nun muss ich mich der Wut meines Vaters stellen, der mich nicht zu Wort kommen lässt:

»Und? Bei wem warst du in Gazawa? Darauf willst du nicht antworten, was? Madame glaubt wohl, sie kommt jetzt allein zurecht? Meint, sie kann tun und lassen, was sie will?«

Die Krise hat die ganze Familie zusammengetrommelt. Meine Brüder stehen draußen im Hof und spitzen die Ohren, um mitzubekommen, was gesagt wird. Meine Stiefmütter stehen dicht gedrängt hinter den Fenstern, um der Szene zu lauschen. Und was meinen Mann betrifft, auch den hat mein Vater zu sich bestellt. Er sitzt auf der Veranda und wartet. Er wirkt nicht weniger nervös als ich und kaut an den Fingernägeln. Als sich unsere Blicke für den Bruchteil einer Sekunde treffen, schlägt er die Augen nieder.

Meine Onkel Hayatou und Yougouda sitzen mit finsteren Mienen im Salon, während meine Mutter und ich als Angeklagte auf dem Teppich kauern und uns der überschäumenden Wut meines Vaters stellen müssen.

»Willst du mir endlich antworten!«, herrscht er mich an.

Ängstlich stammele ich vor mich hin.

»Es tut mir leid.«

»Es tut dir leid?«

Wie ein Irrer verschwindet er blitzartig in seinem Zimmer, kommt mit einer langen Peitsche wieder zurück und schlägt damit auf meine Schultern ein. Sie pfeift durch die Luft. Die Angst, dir mir seit heute Morgen den Atem nimmt, verwandelt sich in echte Panik. Ich suche nach einem Winkel, der mich vor seinem Tobsuchtsanfall schützen könnte, mein Vater hat sich nicht mehr unter Kontrolle.

»Sag endlich die Wahrheit! Bei welchem Mann bist du gewesen? Wie lange geht deine Affäre schon?«

»Baaba, ich schwöre dir, ich habe nichts getan! Ich bin weg, weil Moubarak mich geschlagen hat.«

»Du Hure! Sag mir jetzt sofort, mit wem du zusammen warst! Weil dein Mann dich schlägt, kannst du dir einfach einen anderen suchen, oder wie?«

Der Riemen der Peitsche zerreißt meinen Pagne und schneidet mir in die Haut. Mit unbewegter Miene wohnen Moubarak und meine Onkel der Geißelung bei.

Als mein Vater die Strafe für ausreichend befindet, lenkt er seine Wut auf meine Mutter. Sie rührt sich nicht, weint nicht und lässt stoisch, ohne mit der Wimper zu zucken, die Schläge auf sich niederprasseln. Nur ihre Augen füllen sich mit Tränen und glänzen intensiver als sonst. Sie versucht nicht, sich vor den Hieben zu schützen. Sie sitzt starr da und blickt meinen Vater herausfordernd an, ohnmächtige Wut liegt in ihrem Blick. Das ganze Haus hält den Atem an. Ohne sich von der Stelle zu rühren, schaltet sich schließlich Onkel Yougouda ein:

»Es reicht! Schlag sie nicht vor ihrem Kind!«

Ein letzter Fußtritt, und mein Vater lässt die Peitsche fallen, er wischt sich den Schweiß von der Stirn und trinkt einen Schluck. Noch immer aufgebracht sagt er zu meiner Mutter:

»Du bist einfach zu nichts nutze! Ich verstoße dich.«

»Nein!«, ruft Onkel Hayatou hastig dazwischen. »Verstoße sie nicht. Es ist nicht ihre Schuld.«

»Sie ist es, die dieses Kind zu sehr verwöhnt hat! Sie hat jede ihrer Launen durchgehen lassen! Sie hat von alldem sicher gewusst.«

»Du hast sie bereits gezüchtigt. Sie hat verstanden. *Munyal.* Geduld.«

»Ich wusste von nichts, Allah ist mein Zeuge«, rechtfertigt sich meine Mutter. »Aber verstoß mich ruhig, wenn du willst. Ich gehe so oder so, auch wenn du es nicht tust. Auch ich bin müde. Auch ich habe zu viel durchgemacht, zu viel ausgehalten.«

»Amraou, halt den Mund und geh zurück in deine Wohnung!«, fällt ihr Onkel Yougouda ins Wort. »Du gehst nirgendwohin und wirst auch nicht verstoßen. Hab Geduld! Das Leben ist aus Geduld gemacht. Man ist nie geduldig genug. Wer Geduld hat, wird es nie bereuen, und niemand ist geduldiger als Allah selbst. Eltern müssen für ihre Kinder geradestehen. Auch du, Boubakari, hab Geduld!«

Mein Vater hat sich beruhigt. Er ist erleichtert, dass er sich mit seiner Favoritin versöhnen kann, ohne dabei das Gesicht zu verlieren, also setzt er sich und sagt nun sanft:

»Du kannst zurück in deine Wohnung gehen.«

Meine Mutter steht auf, sieht weder mich noch ihn an, zupft ihren Schleier zurecht und verlässt mit hochmütiger Miene den Raum. Ich weiß, dass sie gehen wird, und sei es aus Stolz. Ich weiß aber auch, dass mein Vater von seiner ganzen Überzeugungskunst Gebrauch machen und sie mit Versprechen und kostspieligen Geschenken wie immer zurückgewinnen wird.

Dann ruft Onkel Hayatou laut nach Moubarak.

»Ich weiß, wie du dich benimmst. Sieh dich vor, Moubarak! Du hast nichts davon, wenn du den kleinen Gauner spielst. Wir wissen, dass du deine Frau schlecht behandelst, dass du Drogen nimmst und trinkst. Das ist dumm. Sie ist nicht nur deine Frau, sie ist auch deine Cousine, es ist deine Aufgabe, sie zu beschützen! Wehe, ich höre noch einmal, dass du sie geschlagen hast! Wenn man eine Fremde heiratet, schuldet man ihr Achtung. Doch wenn man eine Verwandte heiratet, schuldet man ihr doppelt so viel! Willst du die Familie zerstören? Auch du hast deinen Anteil an dem, was passiert ist.«

»Natürlich, Onkel. Ich habe verstanden und bin mir darüber im Klaren.«

»Ich habe dir meine Tochter nicht anvertraut, damit du sie misshandelst, Moubarak! Wenn du sie nicht mehr willst, schick sie mir einfach zurück«, bemerkt mein Vater barsch.

»Es tut mir leid, Onkel. Ich werde sie nicht mehr schlecht behandeln, *wallah*, ich schwöre es im Namen Allahs. Natürlich liebe ich sie. Und ich bin sehr glücklich mit ihr. Es tut mir wirklich leid.«

»Jedenfalls haben wir dich gewarnt und werden es kein zweites Mal tun«, fügt mein Vater streng hinzu.

Onkel Hayatou wendet sich an mich:

»Die Geschichte ist jetzt endgültig begraben, Hindou. Du musst verstehen, dass wir nur deshalb so streng sind, weil wir dich vor den hässlichen Seiten des Lebens schützen wollen, du bist unsere Tochter und wir sorgen uns um dich. Nur wer dich liebt, rügt dich auch. Den anderen sind deine Fehler egal. Ich hoffe, dass du dich von nun an anpassen, deinen Mann respektieren und deine und die Ehre der Familie bewahren wirst. Wenn er dich noch einmal schlägt, komm zu mir. Wenn er dich beleidigt, sag mir Bescheid. Ich werde eine radikale Lösung finden. Du hast deinen Vater gehört. Wenn dein Mann dir etwas antut, sind wir deine Verteidiger. Du musst nicht selbst nach Lösungen suchen. Jetzt nimm deine Frau, Moubarak, und bring sie nach Hause. Ich wiederhole, was ich schon gesagt habe: Das alles ist deine Schuld. Du lungerst den ganzen Tag nur herum, machst irgendwelchen Mist und kommst mitten in der Nacht nach Hause und bedrohst deine Frau. Komm morgen in mein Büro. Es wird Zeit, dass du Verantwortung übernimmst.«

Mein Vater war bereits zu anderen Dingen übergegangen und unterhielt sich angeregt am Telefon. Schweigend folgte ich Moubarak. Als ich laut weinend mein Zimmer betrat, begnügte er sich damit, leise die Tür hinter mir zu schließen. Einige Minuten später kam er wieder, verband meine Wunden und gab mir Tabletten, die ich bedenkenlos schluckte, dann kauerte ich mich auf meinem Bett zusammen. Nur mein Wimmern unterbrach dann und wann die Stille. Wir sprachen kein Wort. Das Leben nahm wieder seinen normalen Lauf.

Ich war nun ein Jahr verheiratet. Und schwanger. In der Nacht der Vergewaltigung und meiner Flucht nach Gazawa hatte sich neues Leben in meinem Innersten eingenistet. Weder meine Ängste noch meine Verbitterung und nicht einmal die brutale Zurechtweisung meines Vaters hatten das Kind davon abgehalten, in meinem Bauch zu wachsen. Es wollte offenbar unbedingt leben.

7

Ich habe mich verändert. Es heißt, ich sei krank. Vielleicht stimmt es. Ich weiß es nicht. Ich bin zu erschöpft, um darüber nachzudenken. Neun Monate lang habe ich meine Melancholie und gleichzeitig meine Schwangerschaft ertragen. Die Gewalt, die mir zugefügt wurde, hat mich dünnhäutig gemacht. Jedes Geräusch lässt mich zusammenzucken. Der Knoten im Bauch ist geblieben. Ich habe einen ständigen Kloß im Hals. Nach der Trauer der ersten Tage hat es mir die Sprache verschlagen und ich bin depressiv. Ich spreche nicht mehr, verlasse mein Zimmer nicht mehr, die Vorhänge sind immer zugezogen. Ich habe jede Energie verloren. Und selbst die plötzliche Zuneigung von Moubarak, der etwas sanfter geworden ist, ist mir egal. Die Schwangerschaft ist schwierig. Ich ertrage die Übelkeit nicht mehr. Ich bin magersüchtig geworden und esse so gut wie gar nichts mehr.

Ich habe mich verändert. Jetzt höre ich Stimmen. Es hat am Tag der Entbindung angefangen. Goggo Nenné, die am Ende des siebten Monats zu mir gezogen ist, weil ich so schwach war, hat mich ins Krankenhaus begleitet. Die Wehen wurden immer stärker, mein Unterleib verkrampfte. Ich saß auf dem Bett und wartete auf die Erlösung. Meine Tante flüsterte mir letzte Ratschläge zu:

»Geduld, *munyal*, Hindou! Du weißt doch. Eine Pullo weint nicht bei der Geburt. Sie klagt nicht. Vergiss nicht: Du musst dich in jeder Lebenslage beherrschen und darfst nie die Kontrolle verlieren! Weine nicht, schrei nicht, sag einfach nichts! Wenn du bei der ersten Geburt weinst, weinst du auch bei allen anderen. Wenn du schreist, beschmutzt du deine Würde. Es wird immer jemanden geben, der danach im Viertel herumerzählt, dass du eine Heulsuse bist. Beiß die Zähne zusammen, aber beiß dir nicht auf die Lippen. Wenn du dir auf die Lippen beißt, kannst du sie unter dem starken Schmerz durchbeißen, ohne es überhaupt zu merken. Es ist Allahs Wille, dass Kinder unter Schmerzen geboren werden, aber für ein Kind ist kein Schmerz zu groß. Geduld! Dieser Schmerz ist der Grund, warum man die Geburt den Dschihad der Frauen nennt. Ihm verdanken wir, dass wir direkt ins Paradies kommen, wenn wir dabei unser Leben lassen. Wegen ihm steht ein Kind für immer in der Schuld seiner Mutter.«

Während meine Tante sprach, hörte ich die Stimme meines Vaters, die sich, mit denselben Worten, über ihre legte. *Munyal, munyal!* Geduld.

Ich habe nicht geweint. Ich habe nicht geschrien und keine Träne vergossen. Und ich habe auch nicht protestiert, als meine Tante mir das traditionelle kochend heiße Bad einließ und mir stärkende Massagen gab, um meine Heilung zu beschleunigen.

»*Munyal!* Wie ich dir geraten habe, Hindou! Eine Frau, die sich nach der Geburt nicht gründlich wäscht, fängt sich sofort eine unheilbare Krankheit ein. Eine Frau, die gerade entbunden hat, ist kraftlos und verwundbar. Sie braucht Massagen und heiße Bäder. Nicht warm, heiß. Das Wasser muss kochen. Außerdem musst du Brei essen, warme Suppen trinken und viel Fleisch und Milch zu dir nehmen.«

Schweigend ließ ich alles über mich ergehen. Meine Teilnahmslosigkeit überraschte meine Tante. Meine Gleichgültigkeit gegenüber dem Neugeborenen auch.

Es ist ein Mädchen. Sie sagen, sie sei schön und sehe mir ähnlich. Um sich wieder etwas beliebter zu machen, hat Moubarak die Kleine nach meiner Mutter benannt. Ein aufmerksamer Schwiegersohn!

Ich habe mich verändert. Sie sagen, ich sei besessen. Sie sagen, ein böser Dschinn verfolge mich. So ist es eben, der Körper einer jungen Mutter ist schwach und wehrlos. Da müssen die bösen Geister ja in ihn fahren. Das weiß man doch! Meine Familie macht sich langsam Sorgen.

Ich habe mich verändert. Ich bin nicht krank. Die anderen machen sich grundlos Sorgen. Ich werde nur eingeengt. Warum hindern sie mich am Atmen? Im Halbdunkel meines Zimmers ringe ich nach Luft. Es heißt, ich sei verrückt. Das macht mir ein bisschen Sorgen. Bin ich wirklich verrückt? Alle um mich herum verunsichern mich. Ihre forschenden Blicke. Ihre Urteile über meinen Zustand werden immer schärfer. Ich habe Angst vor den Grausamkeiten, die sie so überzeugt über mich verbreiten. Ich bin verwirrt. Habe ich mich verändert? Es heißt, ich sei verrückt! Im ganzen Haus tönt der Koran aus den Lautsprechern. Es ist laut. Zu laut. Davon brummt mir der Kopf. Es reden zu viele Menschen gleichzeitig. Ich schreie, damit man mich hört. Ich brülle, damit man diesem dröhnenden Lärm in meinem Kopf ein Ende bereitet. Mitleidig sehen sie mich an. Ich muss tatsächlich besessen sein! Das ist doch kein Lärm, das ist nur die Lesung aus der Heiligen Schrift!

Es heißt, ich sei verrückt und hätte mich verändert. Wie lange bin ich schon in meinem Zimmer und werde von meiner Tante oder meiner Mutter bewacht? Wie viele Gebete haben die Marabouts schon über mich gesprochen? Wie viele Liter Weihwasser haben sie über mir vergossen und mir eingeflößt? Wie viele Liter *Gaadé*-Sud haben sie mir zu trinken gegeben? Wie viele Kilo Kräuter haben sie verbrannt, damit ich den Rauch einatme?

Ich habe das Gefühl, zu ersticken, vergeblich nach Luft zu ringen und nicht mehr zu wissen, wie man atmet. Nur noch Geister um mich herum zu sehen. Mich nie mehr auf meinen Beinen halten zu können. Mir nie wieder irgendeine Information merken zu können. Ich lebe, ohne zu leben.

Ich will schreien, aber ich kann den Mund nicht öffnen, ich will weinen, aber es kommen keine Tränen, ich will schlafen und nie wieder aufwachen.

Sie sagen, ich sei krank und solle mich ausruhen. Sie behaupten sogar, ich sei gefährlich. Der Dschinn, der in mir wohnt, muss männlich sein, denn ich ertrage den Anblick meines Mannes nicht mehr, genauso wenig wie die seltenen Besuche meines Vaters oder meiner Onkel. Dieser Dschinn muss verliebt in mich sein! Sie sagen, er sei vermutlich in meinen Körper gefahren, als ich noch jünger war. Sicher während eines Besuchs bei den Großeltern. In ihrem Hof steht ein großer Affenbrotbaum. Und jeder weiß, dass Dschinnen in Affenbrotbäumen leben!

Ich werde für geisteskrank erklärt und festgebunden. Es sieht aus, als wolle ich flüchten. Aber das stimmt nicht. Ich versuche nur zu atmen. Warum hindern sie mich am Atmen? Daran, das Sonnenlicht zu sehen? Warum lassen sie mir keine Luft? Ich bin nicht verrückt. Wenn ich nichts esse, dann wegen diesem Kloß im Hals und dem Knoten im Magen, der so fest ist, dass kein Tropfen Wasser mehr durchkommt. Ich bin nicht verrückt. Wenn ich Stimmen höre, dann nicht die des Dschinns. Sondern die meines Vaters. Die meines Mannes und meines Onkels. Die aller Männer in der Familie. *Munyal, munyal!* Geduld! Hört ihr sie nicht auch? Ich bin nicht verrückt! Wenn ich mich ausziehe, dann um allen Sauerstoff der Erde aufzunehmen. Um den Duft der Blumen einzuatmen, die Brise frischer Luft auf meiner nackten Haut zu spüren. Zu viel Stoff hat mich von Kopf bis Fuß erdrückt. Von Fuß bis Kopf. Nein, ich bin nicht verrückt. Was hindert ihr mich am Atmen? Was hindert ihr mich am Leben?

Safira

»Geduld ist eine Kunst,
die viel Geduld erfordert.«
Grand Corps Malade

1

»Geduld, *munyal*, Safira! Niemand darf dir deine Verbitterung ansehen. Niemand darf deinen Kummer, deine Wut oder deinen Ärger bemerken. Vergiss nicht: Selbstbeherrschung! Haltung! Geduld!«

Um meine Tränen zurückzuhalten, schaue ich hinauf zum Himmel. Meine Tante spricht weiter:

»Alle Frauen werden dich im Visier haben. Sie werden dich beobachten und hoffen, Verzweiflung oder Neid bei dir zu entdecken. Sie alle, ohne Ausnahme, warten nur darauf, dass du Schwäche zeigst. Das ist ein entscheidender Moment für dich. Es reicht, dass du dir deinen Schmerz anmerken lässt, und sie werden sich lustig machen über dich. Es reicht, dass du auch nur eine Sekunde schwach wirst, und deine Mitfrau wird für immer die Oberhand haben. Für eine Frau gibt es keinen schlimmeren Feind als eine andere Frau! Gib ihnen nie die Chance, schlecht über dich zu reden. Beherrsch dich, bleib stark, gib nicht nach!«

»Munyal!«, bekräftigt eine Freundin meiner Mutter. »Gerade wenn es schwerfällt, musst du geduldig sein. Bleib ruhig, auch wenn es schwerfällt. Niemand, Safira, wirklich niemand darf wissen, dass du traurig bist. Es ist beschämend, eifersüchtig zu sein. Und du bist zu anständig, um so etwas zu fühlen, nicht?«

Mein Mann hat sich eine neue Frau genommen.

»Verführe ihn mit deiner Großzügigkeit, deiner Unaufdringlichkeit, deiner Kochkunst. Beweise ihm, dass keine Frau dir je das Wasser wird reichen können. Die Polygamie hat den Vorteil, dass du seine Liebe und deine Macht über ihn auf die Probe stellen kannst. Du bist seine erste Frau. Alle, die dazukommen, werden nie so wichtig sein wie du. Keine wird je erleben können, was ihr erlebt habt. Keine wird ihm Kinder schenken können, so wie du sie ihm geschenkt hast. Du hast den Vorrang und wirst ihn immer behalten. Du bist seine erste Frau. Die *daada-saaré*! Ja, von jetzt an wirst du deinen Mann teilen. Aber hat es je einen Mann gegeben, der nur einer Frau gehört hat?«

Seit einigen Minuten schon hört man das schrille Gehupe der in den großen Hof einfahrenden Autos, das sich in das ohrenbetäubende Getöse aus Trommelschlägen und Trompeten der Griots mischt, die wie entfesselt Loblieder auf Alhadji Issa und seine neue Frau singen. Von überall hallen die Youyou-Rufe der Frauen wider. Die Verwandten der jungen Braut kündigen mir lautstark und überschwänglich ihren triumphalen Einzug an.

Ich springe auf und schlucke meine Tränen herunter.

»Safira, wo willst du hin?«, flüstert meine Freundin Halima, die genauso schockiert ist wie ich.

»Ins Bad.«

»Reiß dich zusammen. Ich weiß, es ist nicht leicht, aber du musst das jetzt aushalten.«

Im Spiegel sehe ich ein blasses Gesicht, trotz des auffälligen Make-ups. Meine Augen sind mit dunklem Kajal umrandet, die Wimpern schwarz getuscht, die Lippen in sattem Rot nachgezeichnet. Ich senke den Kopf, halte mich am Waschbecken fest und versuche ein letztes Mal, mich zu beherrschen. Nicht weinen, die Augen verraten immer, was weh tut im Herzen, selbst wenn es noch so verschleiert ist.

Ich trage einen neuen Pagne, den Halima gerade noch rechtzeitig vom Schneider abgeholt hat. Einen leuchtenden, glänzenden Pagne aus zarter Seide. Mein Goldschmuck, ein Souvenir von meiner letzten Reise nach Dubai, funkelt im künstlichen Licht der Neonlampen. Meine Beine und Hände sind, wie sicher auch die der neuen Braut, mit Arabesken aus schwarzem Henna bemalt. Ich werde meine schönsten Kleider tragen, um stoisch einer Feier beizuwohnen, von der ich mich keinesfalls unterkriegen lassen darf. Nein, ich werde mich nicht geschlagen geben.

Aus einem der Fenster rühmt der Griot die Schönheit meiner neuen Mitfrau. Seine Worte bohren sich in mein Herz:

»Ich erzähle euch von Ramla, der Braut, Ramla, der Schönen, der Braunen, der Grazilen, der Unvergleichlichen. Drei Stellen ihres Körpers sind schwarz, drei sind weiß, drei sind rundlich, drei sind schmal. Ihr Zahnfleisch, ihre Haare und die Iris ihrer Augen sind tiefschwarz. Ihre Zähne, ihre Augen und ihre Handflächen sind weiß. Ihre Taille ist schmal wie die einer Wespe. Ihr Hals lang wie der einer Giraffe. Auch ihre Füße sind schlank. Ihre Wangen, ihre Arme und Pobacken sind prall. Ramla, die Schöne, die Unvergleichliche …«

Meine Tante Diddi hämmert an die Tür und reißt mich aus meinen dunklen Gedanken:

»Safira, was machst du?«

»Ich komme schon!«

»Die Familie deines Mannes wartet, sie wollen mit dir die neue Braut empfangen.«

Tonlos wiederhole ich:

»Ich komme.«

»Safira, was machst du?«

Ich schnappe nach Luft und richte ein stummes Gebet an Allah. Ohne zu glauben, dass Er es erhören wird. Mein Gott, wie soll ich vor dieses Mädchen treten, das kaum älter ist als meine Tochter und sich herausnimmt, mir meinen Mann zu stehlen? Wie soll ich das ertragen? Wie soll ich gute Miene dazu machen, wie es die Tradition verlangt? Wie soll ich das Gesicht dabei wahren?

Ich reiße mich zusammen und beuge mich zum Wasserstrahl, trinke einen Schluck und hole ein paarmal tief Luft, um mein wild hämmerndes Herz zu besänftigen. Dann verlasse ich entschlossenen Schrittes das Bad.

Meine Wohnung, die ich immer als groß und luxuriös empfunden habe, kommt mir plötzlich sehr eng vor: Ich bekomme kaum Luft. Was würde ich dafür geben, anderswo zu sein. Egal wo.

Alle sind da, Verwandte und Freundinnen. Die meisten sehen ehrlich betroffen aus. Ich kann nicht glauben, dass das wirklich passiert, dass das, wovor ich mich all die Jahre am meisten gefürchtet habe, eintritt, dass ich meinen schlimmsten Albtraum erlebe. Ich würde so gern den Mund aufmachen und meine Wut herausschreien. Ich würde so gern aufwachen und feststellen, dass das alles nur ein Albtraum war. Doch umringt von der Menge schreite ich zur Tür, strahlend und hochmütig. Nein, ich werde mich nicht geschlagen geben. Ich hebe kaum merklich den Kopf und werfe meiner Schwägerin, die an der Schwelle zur Veranda wartet, ein entwaffnendes Lächeln zu. Mit ruhiger Stimme sage ich:

»Gratuliere, große Schwester. Endlich haben wir eine neue Frau im Haus! *Barka!* Bring mich zu ihr und lass mich unsere neue Braut begrüßen, unsere *amariya.*«

Die Frauen haben sich in der großen Wohnung von Alhadji Issa versammelt. Meine Verwandten sitzen im Schneidersitz auf dem Teppich und bilden einen Kreis um mich. Die Familie meiner Mitfrau tut das Gleiche. Behutsam holt man die junge Braut aus dem Ehezimmer und führt sie zu mir. Sie ist von Kopf bis Fuß verschleiert, doch unter ihrer glänzenden *alkibbare* erkenne ich einen ebenso prachtvollen Pagne wie meinen. Ich habe Zeit genug, um ihre schönen Henna-Tätowierungen zu betrachten, ihre reine Haut, ihre zarten Hände. Mit gesenktem Kopf steht sie da, die Kapuze ihres Mantels verdeckt vollständig ihr Gesicht.

Meine Schwägerin, die ältere Schwester meines Mannes, beginnt:

»Safira, das ist die neue Braut.«

»Gut, sehr gut.«

»Sie ist deine Schwester. Sie ist die Jüngere, deine Tochter, deine Mitfrau. Es ist deine Aufgabe, sie zu erziehen, ihr Ratschläge zu erteilen und zu erklären, wie der Alltag in eurem Haus geregelt ist. Du bist die *daada-saaré*. Das wirst du immer sein, selbst wenn dein Mann noch zehn Weitere heiratet, und das ist eine große Verantwortung. Safira, die *daada-saaré* ist die Hausherrin. Lebt das Haus in Frieden, ist das ihr Verdienst. Dafür wird sie geschätzt. Kommt es aber zu Streit, ist das ihre Schuld. Und du bist die *daada-saaré*, Safira. Als solche musst du darauf vorbereitet sein, alles zu ertragen. Die *daada-saaré* ist die Leidtragende. Sie hält das Haus und die Familie zusammen. Es ist an ihr, sich anzustrengen und durchzuhalten. Sie muss sich Selbstbeherrschung zu eigen machen und darf sie nie verlieren. *Munyal!* Geduld, Safira! Du bist die *daada-saaré*, die *jiddere-saaré. Munyal, munyal* …«

Dann wendet sie sich an die junge Braut:

»Ramla, du bist nun Safiras kleine Schwester, ihre Tochter, und sie ist deine Mutter. Du schuldest ihr Gehorsam und Respekt. Vertrau dich ihr an, bitte sie um Rat, führe aus, was sie dir aufträgt. Du bist die Jüngere. Triff keine Entscheidungen zur Organisation des Hauses ohne das Einverständnis deiner *daada-saaré*. Sie ist die Hausherrin. Du bist nur ihre kleine Schwester. Auf dich warten undankbare Aufgaben. Absoluter Gehorsam, Geduld, wenn sie wütend ist, Respekt! *Munyal, munyal* …«

Ich nicke zustimmend und deute ein Lächeln an. Ich könnte meine Schwägerin gerade umbringen, ich weiß, wie sehr meine Niederlage sie freut. Wie oft hat sie mir in all den Jahren vorgeworfen, ich würde ihren Bruder nur für mich beanspruchen? Wie oft hat sie bedauert, wie gut wir uns verstanden? Die Wut, die in mir aufsteigt, elektrisiert mich und gibt mir neue Energie.

Eine Verwandte meiner Mitfrau ergreift das Wort:

»Hadja Safira, du bist die *daada-saaré*. Dir übergeben wir heute unsere Tochter. Nimm sie in deine Obhut und bring ihr bei, eine Ehefrau zu sein. Beschütze sie und steh ihr zur Seite. Sie ist deine kleine Schwester, deine Tochter. Mehr noch als eurem Mann vertrauen wir sie dir an, denn selbst vor ihm sollst du sie in Schutz nehmen.«

»Ja, natürlich!«

Eine andere Frau, von Kopf bis Fuß verschleiert, fährt fort:

»Eines Tages kam ein Mann zum Propheten und sagte: ›Oh Gesandter Allahs, ich möchte bei dir leben. Wenn du einwilligst, werden wir uns nie streiten. Sollten wir es aber doch einmal tun, werden wir uns nie wieder versöhnen, denn ich bin nachtragend!‹ In seiner großen Weisheit antwortete der Prophet: ›Geh, ich werde nicht mit dir zusammenleben.‹ Ein anderer Mann kam und sagte: ›Oh Gesandter Allahs, ich möchte bei dir leben! Wir werden uns oft streiten, aber auch schnell wieder versöhnen.‹ Und der Prophet nickte: ›Ja! Mit dir werde ich zusammenleben können, denn Gott mag keinen anhaltenden Streit.‹ Damit möchte ich euch sagen, Ramla und Safira, Streit und Missverständnisse sind im Zusammenleben unvermeidlich. Selbst die Zähne, verdammt zu einem Leben mit der Zunge, können es nicht lassen, sie immer wieder zu beißen.«

Der jungen Braut werden noch viele weitere Ratschläge erteilt. Dann dürfen wir endlich gehen.

Ich verlasse die Wohnung meines Mannes und überlasse sie einer anderen. Eine Woche lang wird er nur ihr gehören. Anschließend werden wir uns abwechseln und uns den Ehemann teilen.

Es ist aus. Ich habe keinen Zugang mehr zur Wohnung meines Mannes. Von nun an muss ich meinen *walaande* abwarten, um sie zu betreten, so wie ich darauf warten muss, an der Reihe zu sein, um mit ihm zu sprechen. Mein Herz zieht sich zusammen. Ich bin nicht mehr die Einzige in meinem Haus. Ich bin keine Frau mehr, die geliebt wird. In Zukunft bin ich nur noch eine Ehefrau, eine von vielen. Alhadji Issa, mein Liebster, ist nicht mehr mein Geliebter. Schon heute Abend wird er in den Armen einer anderen liegen, allein beim Gedanken daran wird mir schwindlig. Auch wenn er das Gegenteil behauptet, wird es nie mehr so sein wie früher. Kann das Herz eines Mannes wirklich zwei Frauen gehören?

Halima zwickt mich wohlmeinend in den Arm, und während meine Familie im Salon sitzt, über die Hochzeit und den Schmuck der Braut spricht, um das Vermögen ihres Vaters besser einschätzen zu können, und über ihre Verwandten spekuliert, deren Ganzkörperschleier großes Aufsehen erregt haben, flüchte ich in mein Zimmer und breche in Tränen aus.

Halima kommt mir zu Hilfe und schließt behutsam die Tür hinter sich:

»Safira, tu ihnen diesen Gefallen nicht! Du hast bis jetzt durchgehalten! Alle würden dich gerne geschlagen sehen. Lass die Leute nicht auf deinem Leid herumtrampeln. Ja, die Neue ist jetzt da. Aber wird sie bleiben? Nur du kannst dafür sorgen, dass er seinen Entschluss bereut und bald zu dir zurückkehrt. Was zählt, ist nicht die Hochzeit, sondern das, was danach kommt. Niemand kann vorhersagen, ob sie ihm eine gute Frau sein wird, ob sie ihn überhaupt ertragen wird. Du bist immerhin schon zwanzig Jahre hier. Und es waren nicht immer nur rosige Zeiten!«

»Sie ist so jung, so schön!«

»Wie willst du ihre Schönheit erkannt haben, Safira? Sie hat nicht ein einziges Mal den Kopf gehoben und war ganz in schwarze Schleier gehüllt! Du fantasierst! Und die Eifersucht spielt dir einen Streich.«

»Ihre Haut ist so hell, fast weiß!«

»Was nicht heißt, dass sie schön ist. Du hast ihren Teint gesehen und schließt daraus, dass sie schön ist. Auch deine Haut ist hell. Aber egal. Als ob die Hellsten auch die Schönsten wären! Sag, Safira, wo ist der Mülleimer für schwarze Frauen, damit ich mit meiner hässlichen schwarzen Haut hineinhüpfen kann?«, scherzt sie und lacht, um die Stimmung aufzulockern.

»Ich werde das nicht aushalten! Ich kann ihn nicht teilen. Es ist noch schlimmer mit einer Frau, die so jung ist. Sie ist jünger als unsere erste Tochter. Wie soll meine Tochter meine Rivalin sein? Wie soll man gegen seine Tochter antreten? Ich bin schon so alt!«

»Du bist fünfunddreißig! Du bist nicht alt! In diesem Alter sind Frauen in anderen Kulturen nicht mal verheiratet. Ich sag das nicht, um dir zu schmeicheln, Safira, du bist immer noch jung und schön! Es hat nichts mit dir zu tun, dass er noch einmal heiratet.«

»Es lief alles so gut zwischen uns. Warum hat er alles kaputtgemacht?«

»Weil er ein Mann ist, meine Süße. In Wahrheit machst du dir grundlos Sorgen. Er wird mit ihr schlafen, und sobald der Reiz des Neuen vergangen ist, wird er zu dir zurückkehren.«

»Ich steh das nicht durch! Allein der Gedanke, er könnte –«

»Sei nicht naiv, Safira! Woher willst du wissen, dass er bis jetzt immer treu war? Wasch dein Gesicht. Ich höre das Keifen deiner Schwägerin. Nichts wäre ihr lieber, als dich in Tränen zu sehen.«

Zu meiner großen Überraschung rief mich mein Mann einige Stunden später zu sich. Bevor ich mich auf den Weg machte, wusch ich mir ausgiebig das Gesicht mit kaltem Wasser, um die Spuren meiner Tränen zu verwischen, und schminkte mich sorgfältig neu. Unsere Blicke trafen sich für einen kurzen Moment, er senkte als Erster die Augen. Ruhig setzte ich mich in einen Sessel. Mein Herz raste. Und mein Zorn löste sich bei seinem Anblick auf und es blieb nur ein bodenloser Schmerz. Mit einem Schlag wurde mir bewusst, was ich all diese Jahre für ihn empfunden hatte und wie sehr es weh tat, zu erkennen, dass dieses

Kapitel für ihn nun abgeschlossen war. Ich war nicht mehr die, die er liebte und verehrte. Ich war nur noch eine seiner Ehefrauen. Die Mutter seiner Kinder.

Zwanzig Jahre hatte ich diese Liebe gepflegt. Diese Liebe, von der nur noch übrigblieb, was wir für unsere Kinder empfanden.

Er saß auf einem der Sofas und trug ein locker übergeworfenes Hauskleid, das ich vorher noch nie an ihm gesehen hatte. Er sah mich kaum an. Ich war schon unsichtbar für ihn geworden. Er schien weder meinen neuen Pagne noch meine Henna-Tätowierungen zu bemerken. Er ließ die neue Braut rufen und ordnete an, dass sie sich neben mich setzte. Sie hielt den Kopf weiterhin gesenkt, noch immer verschleiert. Bedrückendes Schweigen machte sich breit, das nur vom schweren Atem und vom Schluchzen der jungen Frau unterbrochen wurde.

Stolz verkündete Alhadji:

»Safira, das ist deine Schwester, Ramla. Ich glaube, du hast sie schon kennengelernt.«

»Ja.«

»Und, was meinst du? Ist sie nicht schön?«

»Ja, sehr. Möge Allah uns Glück schenken.«

»*Amin!* Und du, Ramla, hast du deine *daada-saaré* schon gesehen? Ich weiß, dass ihr von euren Verwandten und von meiner Familie bereits Anweisungen und Ratschläge bekommen habt. Aber es war mir trotzdem wichtig, euch schon heute Abend zusammenzubringen, um euch zu erklären, was ich von euch erwarte. Es lässt sich in einem Wort zusammenfassen: Harmonie. Ich will auf keinen Fall Unruhe in meinem Haus. Ich werde nicht dulden, dass man sich in meinem Haus bekriegt und streitet, wie das bei anderen oft der Fall ist. Ich will sorglos leben und brauche niemanden, der mir Kopfschmerzen oder irgendwelche Probleme bereitet. Ich möchte, dass mein Haus ein Ort der Ruhe und des Friedens bleibt. Safira, du kennst mich gut. Ich ertrage weder Unstimmigkeiten noch Streit. Ich warne euch, alle beide, ihr tut besser daran, gut miteinander auszukommen und mich glücklich zu machen. Habe ich mich klar ausgedrückt?«

Da keine von uns beiden etwas sagte, wandte er sich an mich:

»Safira, es ist mir wichtig, es auch noch mal vor deiner Mitfrau zu sagen. Wir sind seit zwanzig Jahren verheiratet und bis heute habe ich mir keine andere Frau genommen. Wenn ich es jetzt tue, dann nicht, weil ich dir etwas vorzuwerfen habe – aber das habe ich dir schon erklärt. Wenn ich dir genauso viele Geschenke wie meiner neuen Frau gemacht habe, obwohl das unüblich ist und ich dir auch nur die Hälfte oder noch weniger hätte geben können, dann nur, damit du weißt, wie sehr ich dich und unsere Kinder schätze. Ich hoffe, dass du dich kooperativ zeigst und dich meines Vertrauens weiterhin als würdig erweist, wie du es all die Jahre getan hast.«

Dann wandte er sich an seine neue Frau:

»Ramla, in diesem Haus hat immer Eintracht geherrscht. Ich habe dich geheiratet, um noch glücklicher zu sein. Aber verstehe mich nicht falsch, meine erste Frau hat noch immer denselben Platz in meinem Haus und in meinem Herzen. Ich erwarte von dir, dass du sie respektierst und auf sie hörst. Wenn du sie verletzt, verletzt du auch mich. Sie soll deine ganze Achtung genießen. Wenn ihr mich durch euer gutes Benehmen glücklich macht, werde ich mir keine dritte Frau nehmen.«

Er machte eine kurze Pause, dann erklärte er abschließend:

»Safira, du kannst gehen. Gute Nacht!«

Mir rannen die Tränen über die Wangen, ohne dass ich sie zurückhalten konnte. Natürlich wollte ich nicht, dass meine Mitfrau meine Verzweiflung sah, aber am Ende dieses Tages konnte ich nicht anders, als meinem Kummer freien Lauf zu lassen. Ich war soeben entlassen worden, ich war gebeten worden, das Feld für die vorgeschriebene Woche zu räumen. Mein Mann hatte sich bereits erhoben. Er eilte an mir vorbei, hielt mir ohne ein weiteres Wort die Tür auf und schloss sie gewissenhaft hinter mir ab. Nach und nach gingen die Lichter aus. Ich spürte, wie jegliche Kraft aus meinem Körper wich. Ich bahnte mir einen Weg zwischen den Frauen in meinem Salon hindurch, eilte in mein Zimmer und brach weinend zusammen.

2

»Ich reise nach Yaoundé. Ich habe dringende Geschäfte zu erledigen.«

»In Ordnung!«

»Übrigens, ich nehme Ramla mit.«

»Wie?«

»Du hast richtig gehört«, sagt er kühl.

Am achten Tag bin ich an der Reihe. Es ist mein *walaande*! Die Flitterwochen, wie sie die Religion vorschreibt, sind vorbei, und Alhadji muss sich nun zwischen seiner neuen Frau und mir aufteilen. Ich hatte mich schon darauf vorbereitet, meinen Mann wiederzusehen.

Als er nach zwanzig Jahren Ehe den Wunsch nach einer neuen Frau äußerte, war das ein einseitiger Entschluss, der ihm zufolge überhaupt nichts mit mir zu tun hatte. Er hat sich einfach das Recht dazu genommen und jede Diskussion abgelehnt. Ich hätte mich, vor vollendete Tatsachen gestellt, weigern können, woraufhin ihm nichts anderes übriggeblieben wäre, als mich freizugeben. Doch zwischen seinem Wunsch, noch einmal zu heiraten, und dem, mich nicht zu verlieren, hatte er sich längst entschieden. Er riet mir zu Vernunft und Einsicht:

»Mach die Augen auf, Safira!«, sagte er. »Polygamie ist eine ganz normale Sache und für eine harmonische Ehe sogar unverzichtbar. Alle wichtigen Männer haben mehrere Frauen. Sogar die ärmsten! Dein Vater ist schließlich auch polygam, oder etwa nicht?! Ob bei mir oder jemand anderem, du wirst nie die einzige Frau eines Mannes sein. Wenn du etwas respektvoller wärst, würdest du Allah dafür danken, all die Jahre allein gewesen zu sein. Du konntest deine ganze Jugend genießen, ohne zu teilen. Es ist egoistisch, jetzt beleidigt zu sein. Hältst du dich für weiser als der Allmächtige, der den Männern erlaubt, bis zu vier Frauen zu haben? Bist du wichtiger als die Frauen des Propheten, die die Polygamie würdevoll akzeptiert haben? Bist du etwa ein Mann, dass du behauptest, man könne nicht mehrere Frauen gleichzeitig lieben?«

Am achten Tag bin ich an der Reihe, mit meinem Mann zusammen zu sein. Das weiß er, trotzdem hat er beschlossen, mit Ramla zu verreisen. Am achten Tag! Frisch rasiert hat er gerade meine Wohnung betreten. In eine neue, weiße, reich mit Silberfäden bestickte *gandoura* gekleidet, unterrichtet er mich kalt über seine Reise.

Ich antworte schwach:

»Du nimmst sie mit?«

»Du brauchst nicht zu wiederholen, was ich gerade gesagt habe, als wäre daran etwas nicht normal. Du tust ja fast so, als würde ich ein Verbrechen begehen. Da du ein so kurzes Gedächtnis hast, muss ich dich daran erinnern, dass ich dir schon viele Reisen geschenkt habe. Vor nicht einmal vier Monaten bist du in Douala gewesen. Aber ich habe jetzt keine Zeit, mit dir zu streiten. Ich muss los. In einer Stunde geht mein Flug, und der Flughafen ist weit.«

»Ich bin heute Abend dran! Du solltest bei mir sein und nicht schon wieder bei ihr! Erst recht, nachdem ihr schon eine ganze Woche zusammen verbracht habt!«

»Du warst zwanzig Jahre dran!«, erwidert er. »Sei jetzt bloß nicht kindisch! Schämst du dich nicht, mich wegen einer Nacht anzubetteln? Wie lange sind wir schon verheiratet? Tatsächlich hast du nichts verstanden. Ich bin vielleicht polygam, aber soviel ich weiß, bin ich immer noch ein freier Mann und kann tun und lassen, was ich will. Hier hast du Geld, falls es in meiner Abwesenheit einen Notfall gibt«, sagt er und lässt ein Bündel Scheine auf den Teppich fallen. »Ich weiß noch nicht, wann ich zurück sein werde. Ich rufe dich an.«

»Warum? Was habe ich dir getan, dass du mich so verletzt? Warum brichst du mir das Herz?«

»Schon wieder! Das Melodramatische scheint dir zu liegen. Sieh dich doch mal an, Safira! Du siehst aus, als sei jemand gestorben. Sieh dich an, wie du herumläufst! Und deine Augen? Wann haben sie zum letzten Mal Kajal gesehen? Glaubst du, dass du mich so verführen kannst? Du solltest dich lieber zusammenreißen – und zwar sofort. Ich habe jetzt keine Zeit, mit dir zu streiten, aber du enttäuschst mich sehr. Ich hatte gehofft, du würdest das mit mehr Würde tragen. Du tust, als wärst du die Erste, die eine Mitfrau hat! Ramla ist erst seit einer Woche hier, und sieh dich an! So ein Unsinn«, sagt er, als er sieht, dass ich weine. »Du machst dich lächerlich. Ich habe keine Lust, mich aufzuregen, also, bis bald!«

Er macht auf dem Absatz kehrt, als hätte er keine Sekunde mehr zu verlieren. Im leeren Salon hängt der Duft seines schweren Parfüms noch eine Weile in der Luft. Ich ziehe mich in mein Zimmer zurück. Durch das Fenster sehe ich, wie er fröhlich seine »Gefolgsmänner« grüßt, zu denen er ein engeres Verhältnis als zu den Angestellten pflegt, aber auch ein distanzierteres als zu Freunden; Männer, die ihm zu Diensten stehen und jeden Tag in der Hofanlage verbringen, unabhängig davon, ob er da ist oder nicht. Was tun sie dort? Ihm die jüngsten Nachrichten aus dem Viertel überbringen, ihm Gesellschaft leisten, ihm für vertrauliche oder wichtige Besorgungen zur Verfügung stehen … Gut gelaunt fordert mein Mann den Fahrer auf, das schönste Auto zu holen, seine letzte Errungenschaft, vor einem Monat aus Dubai gekommen. Ich beobachte, wie er seinem Handlanger etwas zuflüstert, dieser sofort verschwindet und kurz darauf mit der neuen Braut wieder auftaucht. Ich weine leise, ohne zu versuchen, die Tränen zurückzuhalten.

Ramla ist schön. Ihr Profil zeichnet sich scharf im Tageslicht ab, das ihre seidige Haut leuchten lässt. Sie trägt einen neuen, bestickten Pagne und wunderschönen Goldschmuck. Ihre hohen Schuhe passen zu ihrer Handtasche. Ihre schwarzen Henna-Tätowierungen hat sie wohl nachzeichnen lassen, denn die Muster heben sich hübsch von ihrer hellen Haut ab. Elegant und schön geschminkt steigt sie, ohne zu zögern, ins Auto und setzt sich auf die Rückbank zu ihrem freudestrahlenden Mann. Ramla wirkt traurig.

Auch als das Auto längst nicht mehr zu sehen ist, bleibe ich noch eine Weile am Fester stehen. Nadia, meine jüngste Tochter, reißt mich schließlich aus meinen Gedanken:

»Mama! Mama, was guckst du da?«

»Nichts. Geh spielen und lass mich in Ruhe! Ich muss mich ausruhen.«

»Ich hab das neue Tantchen gesehen. Sie ist mit Baaba weg.«

»Ich weiß, geh spielen!«

»Sie ist schön, und auch nett. Als ich zu ihr in die Wohnung gegangen bin, hat sie mir einen Keks gegeben. Ihre Wohnung ist sehr hübsch.«

»Ich bin sehr müde, Nadia. Sei brav! Geh draußen mit deinen Brüdern spielen, bitte. Mir tut der Kopf weh.«

»Und die Augen auch? Sie sind ganz rot. Vielleicht hast du *appolo*, eine Bindehautentzündung, wie ich das letzte Mal?«

»Ja, genau! Siehst du? Ich hab mir *appolo* eingefangen. Deshalb muss ich mich ausruhen. Bestimmt weißt du noch, wie weh das tut. Geh mit deiner Puppe spielen. Wenn du brav bist, habe ich nachher, wenn ich ausgeschlafen habe, ein Geschenk für dich.«

Nachdem ich eine Stunde in meinem Zimmer auf und ab gegangen bin, hat sich meine Trauer in Rage verwandelt. Ich werde mich nicht einfach so von ihm blamieren lassen! Nein, ich werde mich nicht vor der ganzen Stadt demütigen lassen! Je mehr ich über meine Situation nachdenke, desto aufgebrachter und zorniger werde ich. Sobald die anderen erfahren, dass er mit seiner neuen Braut schon am achten Tag abgereist und sie schon jetzt seine Favoritin ist, wird niemand mehr Respekt vor mir haben. Das kommt nicht infrage!

Ich stelle mir vor, wie die beiden Seite an Seite in der Business Class im Flugzeug Richtung Hauptstadt sitzen. Ich stelle mir die neiderfüllten Blicke vor, die ihm die anderen Männer angesichts einer so schönen und jungen Frau zuwerfen. Ich sehe seine stolz glänzenden Augen. Ich sehe mich selbst an seiner Seite, vor nicht einmal sechs Monaten. Ich war so glücklich und gelassen damals in diesem Flugzeug, nie hätte ich mir vorstellen können, dass ich bald ersetzt werden würde.

Ich mustere mein Spiegelbild. Der Pagne, den ich trage, ist sehr wertvoll, doch er steht mir nicht. Mein Gesicht ist blass, und innerhalb weniger Tage habe ich Falten auf der Stirn bekommen. Auch um die Mundwinkel kräuseln sich erste feine Linien. Nach sechs Schwangerschaften ist mein ehemals flacher Bauch Geschichte. Meine Arme sind nicht mehr so schlank wie früher, und natürlich schleppe ich auch ein paar Kilo zu viel mit mir herum. Ich bin erst fünfunddreißig, doch nach nur einer Woche sehe ich aus, als sei ich um zehn Jahre gealtert. Ich fühle mich so verbraucht. Ich sehe Ramla noch einmal vor mir, so jung und elegant. Ich vergleiche ihren Teint mit meiner stumpf gewordenen Haut. Ich erinnere mich an ihr fein geflochtenes, hüftlanges Haar, an ihr feines Profil, ihren vollen Mund, ihre gerade Nase. Wie soll ich mit einer solchen Rivalin mithalten?

Schließlich rufe ich meinen Bruder an, dann meine Mutter und zu guter Letzt Halima und bitte sie alle, so schnell wie möglich zu mir zu kommen. Ich werde mich nicht so behandeln lassen, es wird schwer, aber ich werde mit allen Waffen kämpfen, die ich finden kann. Ich beschließe, Kriegsrat zu halten. Ich bestelle meinen Führungsstab ein.

Mein Bruder Hamza ist als Erster da. Kühl erkläre ich ihm meinen Plan. Er soll einen entfernten Onkel aufsuchen, der Marabout ist und in Wouro Ibbi lebt, einer kleinen Ortschaft in der Nähe von Maroua. Ich will die Gefühle meines Mannes neu entfachen und wieder seine Favoritin sein. Aber ich will auch, dass mein Onkel meine Rivalin aus dem Weg räumt. Ich will und werde meinen Mann nicht teilen.

»Sag ihm, ich bin zu allem bereit. Ich gebe ihm alles, was er will. Ich tue alles, was er sagt. Ich will nur, dass sie geht! Und zwar sofort! Alhadji soll sie verstoßen! Bleib so lang wie nötig dort. Hier hast du einen Umschlag mit fünfhunderttausend Franc. Du kannst sie ruhig ausgeben. Selbst wenn er ein Rind als Opfer verlangt – tu es! Geld spielt keine Rolle. Ich will, dass sie verschwindet! Präge dir ihren Namen, den ihrer Mutter und den ihres Vaters gut ein, damit er sie mit einem Fluch belegen kann.«

»Ich habe verstanden, große Schwester. Mach dir keine Sorgen. Ich werde tun, was zu tun ist.«

»Ich vertraue dir. Bleib so lang wie nötig.«

Eine Stunde später ist es meine Mutter, die diskret zur Tür hereinkommt. Kaum sehe ich sie, fahre ich sie an:

»Diddi, tu irgendwas, sie muss weg!«

»Sieh dich vor, Safira! Tu niemandem weh, das kann sich gegen dich wenden. Hüte dich vor den *siiri*! Einen Fluch gegen jemanden auszusprechen, ist gefährlich!«

»Das ist mir egal. Ich bin zu allem bereit, ich nehme diese Demütigung nicht hin.«

»Die Polygamie ist keine Schande für eine Frau. *Munyal!* Reiß dich zusammen, Safira!«

Mit unterdrückter Wut stoße ich hervor:

»Alhadji hat sie nach Yaoundé mitgenommen.«

»Was? Er ist heute abgereist? Mit ihr? Jetzt schon?«

»Die vorgeschriebenen sieben Tage haben ihm offensichtlich nicht gereicht. Er hat sich einen Ort gesucht, an dem er ungestört mit ihr allein sein kann.«

»Lass ihn. Das ist der Reiz des Neuen. Das ist bald vorbei, dann wird er begreifen, dass er nur dich wirklich liebt. Er hat so lange mit dir zusammengelebt und wird verliebter denn je zu dir zurückkommen. Hab einfach ein bisschen Geduld.«

»Ich will keine Geduld haben«, gebe ich gereizt zurück. »Erzählt mir nichts mehr von *munyal*. Ich werde sicher nicht geduldig das Ende seiner Liebelei abwarten, wie du mir rätst. Ich habe keine Zeit, zu hoffen und zu warten. Ich will, dass sie sofort verschwindet! Ich will, dass du einen *karfa* gegen sie aussprichst, dieser Fluch soll sie trennen, sie sollen sich in Yaoundé zerfleischen! Ich will, dass er diese Heirat bereut! Ich bin bereit, alles, was ich habe, dafür zu verlieren. Wenigstens verliere ich dann meine Ehre nicht.«

»Du machst mir Angst, Safira. Wie konntest du dich in einer Woche so verändern? Ich will dir eine Geschichte erzählen. Hör zu. Man erzählt sie verheirateten Frauen, wenn sie auf abergläubische Praktiken zurückgreifen wollen:

Eine Frau geht eines Tages zu einem Marabout und sagt:

›Ich will, dass mein Mann mich liebt und mir treu ist.‹ Der Marabout sagt darauf, sie soll ihm drei Barthaare eines Löwen bringen, damit er ein Amulett daraus machen kann. Die Frau sucht lange nach einer Strategie, um sich gefahrlos der Höhle eines einsamen Löwen zu nähern. Ihr kommt die Idee, neben der Höhle frisches Fleisch auszulegen und schnell davonzulaufen, während der Löwe frisst. Das tut sie jeden Tag und kommt ihm dabei immer etwas näher. Nach einer gewissen Zeit hat sich der Löwe an sie gewöhnt und erwartet sie schon. Er lässt sich streicheln und bald hat sie ihn gezähmt. So kann sie die Haare auszupfen, ohne dass sich die Raubkatze wehrt.

Als sie dem Marabout bringt, wonach er verlangt hat, schickt er sie mit folgenden Worten weg: ›Wenn du es geschafft hast, einen Löwen zu zähmen, dann wird es dir auch bei deinem armen Mann gelingen. Geh in gleicher Weise bei ihm vor und er wird für immer dir gehören. Diese Barthaare hast du bekommen, weil du die besten Qualitäten einer Frau in dir vereinst: Geduld und List. Kümmere dich um deinen Mann wie um ein Kind. Zähme ihn, so wie du diesen Löwen gezähmt hast. Sei geduldig, listig und schlau. Dann wird er nie imstande sein, sich von dir zu trennen. Darin liegt das Geheimnis, einen Mann an sich zu binden. Kein Amulett kann das je vollbringen.‹«

»Ich bitte dich, Diddi, lass das! Ich kenne diese Geschichte. Sie wurde mir erzählt, als mein Mann wieder geheiratet hat. Man hat sie mir rauf und runter gebetet. Jede Frau, die zu mir kam, hat mir diesen Rat gegeben. Mal war der Löwe eine Giftschlange, mal eine Hyäne. Aber die Geschichte ist immer dieselbe. Hast du nicht gehört, was ich gerade gesagt habe?«, frage ich verzweifelt. »Ich sage dir, kaum ist sie da, muss er schon mit ihr verreisen, und dann beschimpft und erniedrigt er mich auch noch vor seiner Abreise! Sie gewinnt die Oberhand über ihn und du redest von Geduld, von List und von was weiß ich!«

Bei diesen Worten wird der sonst zärtliche Blick meiner Mutter hart. Auch sie kennt die Kehrseiten der Polygamie und hat schon immer darunter gelitten. Seit mein Vater eine Zwanzigjährige geheiratet hat, hat er nur noch Augen für seine junge Frau. Meine Mutter ist gerade mal fünfzig und schon in die zweite Reihe befördert worden. Mittlerweile beachtet mein Vater sie überhaupt nicht mehr. Die Neue verachtet meine Mutter und scheut nicht davor zurück, meinen Vater außerhalb ihres *defande* zu jeder

Uhrzeit aufzusuchen. Ein einziges Mal hat meine Mutter einen Protestversuch gewagt, daraufhin hat mein Vater sie vor den Augen ihrer Rivalin derart beschimpft, dass sie sich geschworen hat, sie ein für alle Mal zu ignorieren. Seit fünf Jahren hat meine Mutter keinen *walaande* mehr und sieht hilflos dabei zu, wie ihre Mitfrau ihren Mann ganz für sich vereinnahmt.

»Diddi, versteh mich doch. Ich will nicht so enden wie du! Dieses Mädchen ist schon nach einer Woche zu seiner Favoritin geworden!«

»Hast du Geld? Ich gehe heute Abend zu Oustaz Sali, dem Imam der großen Moschee. Dir können nur Gebete und Opfer helfen. Wer weiß, vielleicht hat ihre Familie schon etwas unternommen und deinen Mann verhext.«

»Wir hätten gleich damit anfangen sollen, als wir von seinem Vorhaben erfahren haben. Vielleicht hätten wir das alles verhindern können.«

»Ja, das wird mir auch langsam klar. Ich hätte daran denken sollen. Mach dir keine Sorgen, ich kümmere mich darum.«

»Schreck vor nichts zurück!«

»Was soll das heißen?«

»Sie sollen sich scheiden lassen! Oder sie soll für immer verschwinden, verrückt werden oder sterben! Egal! Gib dich nicht mit Oustaz Sali zufrieden! Such mindestens noch drei weitere Marabouts auf!«

»Sie soll sterben? Oh Safira, nein! Du wirst doch nicht bis zum Mord gehen?«, fragt sie erschrocken.

Mit geballten Fäusten wiederhole ich:

»Ich will nicht so enden wie du! Wenn sie nicht verschwindet, soll sie eben sterben!«

Als ich mit Halima auf dem Bett sitze und ihr von der morgendlichen Szene mit Alhadji und dem Gespräch mit meiner Mutter berichte, hält sie mit ihrer Empörung nicht zurück.

»Er ist wirklich mit ihr verreist! Und hat dich auch noch beschimpft!«

»Noch schlimmer. Er meinte, ihm sei egal, was ich fühle, und als ich meine Tränen nicht mehr zurückhalten konnte, hat er gesagt, ich sei lächerlich. Ich hoffe, dieses Flugzeug stürzt ab, bevor sie ankommen!«

»Still, Safira! So etwas sagt man nicht! Er ist immerhin der Vater deiner Kinder und du liebst ihn, egal, was du sagst. Du kannst doch nicht seinen Tod wollen!«

»Lieber tot als in den Armen dieses Mädchens. Wenn du sie heute Morgen gesehen hättest, mit ihrer Unschuldsmiene!«

»Hast du sie denn diesmal richtig gesehen? Wie ist sie?«

»Jung und schön.«

»Also wie du. Wie alle Frauen, die reiche Männer heiraten.«

»Als er mich damals geheiratet hat, war ich wirklich genauso jung und schön. Aber jetzt fühle ich mich alt. Und er sich offenbar so jung, dass er eine Frau im Alter unserer Töchter braucht.«

»Alt, mit fünfunddreißig? Und er jung, mit fünfzig? Stimmt, die Männer sagen, sie könnten Frauen haben, bis sie neunzig sind. Nun gut. Jetzt ist nicht der richtige Augenblick dafür, dich vom Gegenteil zu überzeugen. Am Telefon meintest du, es gebe einen Notfall? Tut mir leid, dass ich nicht früher kommen konnte. Ich war leider auch mit meinem Mann beschäftigt, diesem Dreckskerl.«

»Was ist denn los? Nenn ihn nicht immer Dreckskerl. Er ist ein sehr netter Mann und hat dir nie etwas getan!«

»Möge Allah verhindern, dass er zu Geld kommt, möge er uns in Armut belassen und vor Reichtum schützen. Mach dir nichts vor! Er ist nicht anders als deiner. Alle Männer sind aus dem gleichen Holz geschnitzt. Er hat nur nicht genug Geld, um sich wie ein Macho aufzuführen! Nun, lass uns nicht über ihn reden. Was wolltest du?«

Ich öffne eine Schublade und entnehme ihr ein Etui mit glänzendem Schmuck. Ein Set aus Gold, das mir mein Mann vor ein paar Jahren auf einer gemeinsamen Pilgerreise nach Mekka geschenkt hat.

»Ich will, dass du diesen Schmuck unauffällig verkaufst. Ich brauche Geld. Viel Geld.«

»Aber wozu denn, Safira? Was willst du damit? Warum willst du diesen wunderbaren Schmuck loswerden? Du liebst dieses Set doch!«

»Ich habe es geliebt. Es war ein Symbol unserer Liebe. Jetzt ist es einfach nur noch Schmuck. Was sage ich, bloß Gold. Und das bedeutet Geld! Schmuck habe ich mehr als genug. Ich gebe alles her, wenn ich dafür nur meinen Ehemann zurückbekomme. Den Mann, nicht die Liebe. Die ist gestorben und für immer verloren. Er hat sie mit seinen Händen getötet. Ach was, nein! Mit seinem Geschlecht!«

Halima bricht in lautes Lachen aus, dann fängt sie sich wieder, schüttelt den Kopf und sagt:

»Du bist wirklich unglaublich, aber sieh dich vor! Wenn du dich auf solche Marabout- und *Siiri*-Geschichten einlässt, kommst du da nicht mehr so leicht raus. Du könntest alles verlieren, und im schlimmsten Fall schlägt es auf dich oder deine Kinder zurück.«

»Aber Hali, was bleibt mir denn übrig? Soll ich nett lächelnd zuschauen, wie mir ein Mädchen, das kaum älter ist als meine Tochter, meinen Mann wegnimmt? Soll ich mein Haus verlieren? Soll ich meine Verstoßung und damit das Wohl meiner Kinder riskieren? Sie sind noch zu jung, um ohne ihre Mutter zu leben! Was bleibt mir anderes übrig, Hali? Soll ich untätig darauf warten, dass er mich vertreibt? Soll ich vor Liebeskummer sterben, wie unsere Freundin Mariam, als ihr Mann wieder geheiratet hat? Damit er sich, wie damals Mariams Mann, nach meinem Tod eine dritte Frau holt, sie in meine Wohnung einziehen lässt und mich für immer aus seinem Gedächtnis löscht?

Man stirbt nur, wenn Allah es will, wird er sagen! Was soll ich tun? Was ist erlaubt? Was verboten? Im Krieg ist jede Waffe recht. Man nimmt, was man kriegen kann, und damit kämpft man sich durch. Und dieses Mädchen? Was hat sie denn erwartet, als sie sich entschieden hat, die Frau eines verheirateten Mannes zu werden? Hat sie geglaubt, ich würde ihn ihr einfach so überlassen? Ich habe mir das alles nicht ausgesucht. Man lässt mir keine Wahl. Ich wehre mich, mehr nicht. Ich habe ihn geliebt. Ich habe mein Bestes gegeben, um ihn glücklich zu machen. Ich bin eine gute Ehefrau gewesen. Eine ausgezeichnete Mutter. Ich habe ihm schlaue Kinder geschenkt, gesunde, sowohl Mädchen als auch Jungen. Ich habe ihn getröstet und geliebt, von ganzem Herzen. Was will er mehr? Ich bin nicht gemein. Man zwingt mich dazu. Ich habe mir diesen Krieg nicht ausgesucht. Aber bleibt mir eine andere Wahl?«

Atemlos stehe ich auf, trinke einen großen Schluck Wasser aus einer herumstehenden Flasche und fahre fort:

»Was soll ich deiner Meinung nach denn tun? Welchen Handlungsspielraum habe ich? Habe ich denn die Wahl? Was ist der sogenannte *Liebesbeweis* eines Mannes schon wert, wenn auf dem Spiel steht, ihn für immer zu verlieren?«

»Wie viel willst du dafür?«, fragt Halima trocken und beendet das Gespräch, indem sie das Schmucketui mit einem Klacken zuschnappen lässt.

3

Ich bin die *daada-saaré*. Die Neue bringt mir eine gewisse Ehrfurcht entgegen. Sie ist ein ruhiges, introvertiertes Mädchen. In ihren Augen liegt oft ein Anflug von Trauer, aber ich weigere mich, es zu sehen. Heuchlerin.

Mit den Kindern scheint sie sich wohler zu fühlen, sie unterhält sich viel mit ihnen. Ich bin nicht begeistert, dass meine Töchter sie so mögen, aber ich kann ihnen den Besuch bei ihrer Stiefmutter nicht verbieten, ohne Alhadjis Wut auf mich zu ziehen. Außerdem muss ich den Schein wahren, bis zum Schluss. Ich werde dieser Frau nie zeigen, dass ich sie hasse.

Ich bin die *daada-saaré*. Ich habe Ramla die Regeln in unserem großen Haus erklärt. Ich habe ihr geholfen, sich in unserem Alltag zurechtzufinden. Ich bin nie aus der Rolle gefallen und war immer zuvorkommend. Ich habe ihr Ratschläge erteilt und war für sie da, wenn sie mich brauchte.

Alhadji hat sich verändert, auch wenn er sich bemüht, das Gegenteil zu behaupten. Er ist viel unruhiger und hat nicht mehr so viel Zeit für mich. Wenn ich an der Reihe bin, ist er weniger aufmerksam und wirkt abwesend. Mir gefällt auch nicht, dass er so viele Pillen schluckt, Aufputsch- und Potenzmittel, nach denen er inzwischen süchtig ist.

Mit der Zeit habe ich mich daran gewöhnt, ihn zu teilen. Die Schlaflosigkeit der ersten Nächte, wenn sie dran war, die Weinkrämpfe und mein Ekel, wenn er mich berührte, sind nach und nach verschwunden, aber meine Entschlossenheit nicht. Ich will noch immer, dass es wieder so wird wie früher. Was zählt, ist nur, dass Ramla verschwindet. Auf keinen Fall darf sie schwanger werden. Mit jedem Kind, das sie bekommt, dezimiert sie das Erbe meiner Kinder. Ein Neugeborenes würde die Liebe ihres Vaters unvermeidlich schwächen. Ich muss ihn teilen, aber ich will nicht, dass auch meine Kinder ihn teilen müssen! Ich verfolge aufmerksam ihren Zyklus. Ich weiß, wann sie ihre Regel bekommt. Wenn es so weit ist, werde ich nervös, lauere ihr auf, kontrolliere, ob sie ihre Gebete spricht, denn wenn sie es tut, bedeutet das, dass sie schwanger ist. Mein Herz schlägt erst dann wieder ruhiger, wenn ich sehe, dass sie den Ruf des Muezzins ignoriert. Dann kann ich aufatmen. Zumindest bis zum Ende ihres nächsten Zyklus.

Bisher haben die Verfluchungen nichts gebracht. Bald habe ich keinen Schmuck mehr. Ich gebe immer mehr aus. Wenn ich keine Ergebnisse sehe, wechsle ich den Marabout und laufe zum nächsten, sobald er mir empfohlen wird. Ich brauche Geld. Immer mehr Geld, um meine Pläne zu Ende zu führen. Die Zeit rennt mir davon, und Ramla ist nicht nur geblieben, sie scheint sogar an Selbstbewusstsein zu gewinnen. Sie macht es sich bequem!

Ich brauche Geld, da kommt mir gelegen, dass gerade die *zakat* verteilt wird, die obligatorische Almosenspende. Eine stressige Zeit für Alhadji Issa, für mich aber günstig, denn es ist der einzige Zeitpunkt, zu dem ich mich unbemerkt etwas bereichern kann. Seit fünf Tagen kommen die Bedürftigsten der ganzen Stadt zu unserem Haus. Sie verbringen die Tage, manchmal sogar die Nächte draußen vorm Hof, wo sie schweigend auf dem Boden sitzen. Nichts kann sie davon abbringen, nicht einmal die brütende Nachmittagshitze. Geduldig warten sie auf die langersehnte Spende. Jedes Mal, wenn sich die schweren Tore zum Hof öffnen, springen alle gleichzeitig auf, reden, schreien durcheinander und schubsen sich herum. Die Wächter, die sie unsanft zurückdrängen, scheinen ihrem Enthusiasmus nichts anzuhaben. Auch die Frauen versammeln sich und schauen, ob die Ausgabe der Geldscheine endlich beginnt. Wie jedes Jahr hat Alhadji einen seiner Angestellten mit der Vorbereitung der Umschläge für die Imame, die Familienväter und die üblichen Bedürftigen beauftragt. Jeden Morgen hinterlässt er mir ein, zwei Millionen, um sie an die draußen wartenden Menschen zu verteilen. Ich weiß genau, dass ich kein Recht auf das Geld der *zakat* habe. Als Alhadjis Ehefrau darf ich es nicht besitzen. Deshalb hat er keine Bedenken, es mir anzuvertrauen. Jahrelang habe ich dieses Geld auch ordnungsgemäß verteilt. Aber jetzt brauche ich es. Das, was ich vom Budget für die Einkäufe abzwacke oder unauffällig aus den Taschen seiner *gandoura* ziehe, reicht nicht mehr. Ohne schlechtes Gewissen öffne ich einen Umschlag nach dem anderen, halbiere die sich darin befindenden Beträge und klebe sie anschließend sorgfältig wieder zu. Ohne schlechtes Gewissen besteche ich den Koranlehrer der Kinder, der für die Verteilung zuständig ist. Nachdem Alhadji gegangen ist, bestelle ich ihn in den Salon.

»Malloum, du musst das Geld an die Armen draußen verteilen. Es tut mir leid, sieh zu, dass es kein Gedränge gibt. Erinnerst du dich an letztes Jahr, da gab es bei der Verteilung der *zakat* Tote im Hof von Alhadji Sambo. Alhadji will auf keinen Fall einen Skandal hier bei sich. Versuch, das den Leuten irgendwie klarzumachen.«

»Ja, Hadja. Ich warne sie immer und sage, wenn sie sich nicht beruhigen, nehme ich das Geld wieder mit.«

»Gut. Du bist ein schlauer Kerl, ich bin auf deiner Seite. Ich will ganz ehrlich zu dir sein. Alhadji hat mir heute Morgen zwei Millionen zum Verteilen gegeben. Aber eine Million behalte ich. Nicht für mich. Ich will bedürftigen Verwandten damit helfen und möchte nicht mit Alhadji darüber sprechen. Auch du kannst zweihunderttausend für deine eigenen Bedürfnisse herausnehmen. Das bleibt unter uns.«

»Ja, natürlich, Hadja«, antwortet er, durchaus erfreut, mit meinem Segen einen Teil der *zakat* für sich selbst abzweigen zu können.

»Wenn er fragt, sag, ich habe dir zwei Millionen gegeben und du hast sie rechtmäßig verteilt. Wie immer. Fünftausend Franc an die Frauen, zehntausend an die Männer.«

»Ich mache mich gleich auf den Weg, Hadja. Sie können mir vertrauen.«

Ich bin die *daada-saaré*. Irgendeinen Vorteil muss das ja haben. Und die *zakat* gehört dazu.

4

Mein ganzes Augenmerk ist inzwischen auf den Safe im Haus gerichtet. Alhadji stockt ihn regelmäßig auf und nimmt Geld heraus, wenn er welches braucht. Für den Notfall hat er Ramla und mir gezeigt, wie man ihn öffnet und wo er die Schlüssel aufbewahrt. Doch wozu auf den Notfall warten, wenn ich selbst einen herbeiführen kann! Inzwischen weiß ich, wie man trickst, und tue es, wann immer nötig. Oft bringe ich die Kinder zum Zahnarzt und lasse die Rechnung etwas höher ausfallen. Ich bitte die Ärzte, mir Medikamente für imaginäre Krankheiten zu verschreiben, und lasse mir in der Apotheke dann zu hohe Rechnungen ausstellen. Auch vor den Produkten, die massenweise in unserem Geschäft gelagert werden, macht meine Fantasie nicht Halt – es herrscht Krieg! Die Marktarbeiter wundern sich zwar über die Unmengen an Öl, Zucker, Reis und Milch, die ich für unser Haus anfordere, verkneifen sich aber jeglichen Kommentar. Ich bin die *daada-saaré*, ich habe das Sagen. Sie tun nicht gut daran, es sich mit mir zu verscherzen. Zumal sie unter meinem Schutz stehen und ich mich erkenntlich zeige. Alhadji fallen die ständigen Ausgaben im Haushalt nicht auf, weil ich bisher immer bescheiden und vernünftig war. Aber das war, bevor er ein zweites Mal geheiratet hat! Jetzt nutze ich jede Gelegenheit, um an Geld zu kommen.

Eines Tages finde ich Euroscheine im Safe. Ich weiß, dass sie viel mehr wert sind als unsere Landeswährung, die CFA-Francs. Vor ein paar Wochen hat Alhadji Ramla nach Paris mitgenommen – zu meiner bitteren Enttäuschung. Ich selbst bin noch nie dort gewesen. Als ich ihn gefragt habe, warum er nicht mich mitgenommen hat, hat er nüchtern geantwortet, es gebe für mich dort nichts zu tun. Ich sei nicht gebildet. Ich spräche kaum Französisch. Was hätte ich von einer Reise nach Europa? Das ausländische Geld ist wahrscheinlich von ihrem Ausflug übriggeblieben. Ramla ist mit vollen Koffern zurückgekehrt, mir hat Alhadji nur ein Parfüm und Süßigkeiten für die Kinder mitgebracht. Das hat gereicht, alles in mir ist in Aufruhr! Nachdem die Verfluchungen immer noch keine Ergebnisse erzielt haben, habe ich nun vor, Ramla in eine echte Ehekrise zu stürzen. Und dazu ist mir gerade die Idee gekommen. Sie ist so genial, dass ich in Lachen ausbreche. Ich werde die Euroscheine an mich nehmen.

Sobald Halima meine Wohnung betreten hat, schließe ich die Tür gleich zweimal hinter ihr ab. Dann flüstere ich:

»Weißt du, was das wert ist?«

»Mein Gott, Safira! Das ist wahnsinnig viel Geld! Das sind Euros!«

»Wie viel ist das?«, frage ich unbeirrt.

»Zehntausend Euro? Etwa sechs Millionen Franc! Hast du sie Alhadji gestohlen?«

»Ach, Hali! Du weißt doch, in der Ehe gibt es keinen Diebstahl. Ich bereite nur meine Rache vor. Ich brauche das Geld nicht sofort.«

»Was hast du denn vor damit?«

»Das wirst du schon sehen! Er hat mich Analphabetin genannt und ist mit seinem Püppchen nach Europa gefahren. Also werde ich ihm beweisen, dass ich wirklich ahnungslos bin. Kannst du das Geld verstecken? Ich vertraue nur dir. Niemand darf je davon erfahren. Du musst vorsichtig sein!«

»Ich weiß ein Versteck. Mach dir keine Sorgen.«

»Er kann wahnsinnig wütend, selbstgerecht und geizig sein. Womöglich lässt er, weil wir befreundet sind, sogar dein Haus durchsuchen.«

»Vertrau mir, Safi, wo ich es verstecke, findet er es nie.«

Als mein Mann ein paar Tage später bemerkte, dass Geld fehlte, bekam er einen Tobsuchtsanfall. Er war völlig außer sich. Es war gerade Ramlas *defande.* Die Schreie waren im ganzen Haus zu hören. Ich begriff sofort, was da im Gange war, und verzog keine Miene. Innerlich jubelte ich über die Lektion, die meiner Mitfrau erteilt wurde. Kurz darauf rief Alhadji mich zu sich, und ich betrat seelenruhig seine Wohnung. Schäumend vor Wut baute er sich vor mir auf. Ramla saß auf einem Sessel und weinte. Sie sah kaum auf, als ich hereinkam. Ich setzte mich zu ihr, zum Zeichen der Solidarität. Waffenruhe in Krisenzeiten!

»Wann hast du zum letzten Mal den Safe geöffnet, Safira?«, herrschte er mich an.

»Vor einer Woche, glaube ich. Du hattest mich gebeten, dass ich eine Million für dich raushole. Du warst mit deinem Bruder zusammen, wenn ich mich richtig erinnere.«

»Wie viel lag da im Safe? Was genau hast du gesehen?«

»Ich weiß es nicht genau. Ich habe das Geld nicht gezählt. Ich habe von einem Stapel Geldbündel einfach eine Million genommen. Da war auch mein Schmuck, den ich dort aufbewahre, der von Ramla und der, den du den Mädchen geschenkt hast. Und da waren auch noch andere Geldbündel, aber ich weiß nicht, was für welche.«

»Dieses Geld ist weg. Das waren Euros! Die waren mindestens sechs oder sieben Millionen wert! Ich habe sie aus Europa mitgebracht. Die hast nicht zufällig du genommen? Ihr seid die Einzigen, die Zugang zum Safe haben. Raus mit der Sprache!«

»Weg? Damit habe ich nichts zu tun, Alhadji, und das weißt du. Ich werde nicht nach zweiundzwanzig Jahren Ehe anfangen, dich zu bestehlen. Und wenn, dann würde ich doch nehmen, was ich kenne! Zieht mich nicht in eure Geschichten rein! Ich höre zum ersten Mal von diesen Euros.«

Darauf weint Ramla noch heftiger. Ich sehe sie kaum an.

»Ich habe das Geld nicht genommen«, sagt sie mit erstickter Stimme.

»Ich auch nicht.«

»Würdet ihr das auch auf den Koran schwören?«, fragt er und ein seltsamer Schimmer liegt in seinen Augen.

Der Islam ist immer das letzte Mittel, um der Wahrheit auf die Spur zu kommen. Auf das heilige Buch zu schwören ist eine äußerst ernste Angelegenheit, man greift nur sehr selten darauf zurück, nur in Situationen, die es wirklich rechtfertigen. Auf den Koran zu schwören, kann schwere Folgen haben und ganze Familien zerstören. Obwohl ich um Alhadjis Egoismus und Habgier weiß, habe ich nicht erwartet, dass er so weit gehen würde. Also beschließe ich, die Unschuldskarte zu spielen:

»Auf den Koran schwören? Machst du Witze, Alhadji? Mit dem Koran spiele ich nicht!«, verkünde ich, nun genauso aufgebracht wie er, und stehe auf. »Ich habe schließlich Kinder!«

»Ich kann meine Hand nur auf den Koran legen, wenn meine Familie es erlaubt«, erklärt auch Ramla schwach.

»Das sagt ihr doch nur, weil ihr wisst, dass ihr nicht unschuldig seid! Geht in eure Wohnungen zurück. Ich lasse gleich noch einmal nach euch rufen. Entscheidet selbst, ob ihr einen Skandal wollt oder ob wir das unter uns regeln.«

»Und was ist mit den Angestellten?«, wirft Ramla ein. »Die können auch stehlen!«

Ich steige ein:

»Und was ist mit deinem ganzen netten Gefolge, das ständig ein und aus geht? Das verdächtigst du natürlich nicht!«

»Außer euch hat niemand Zugang zum Safe.«

»Die Schlüssel sind immer am selben Platz«, bemerkt Ramla.

»Und der ist nicht einmal geheim …«

»Verschwindet! Ich lasse gleich noch einmal nach euch rufen. Überlegt es euch gut!«

Ohne einen Blick miteinander zu wechseln, ziehen wir uns beide in unsere Wohnungen zurück. Innerlich triumphiere ich über die Verzweiflung meiner Mitfrau, und es fällt mir schwer, meine Freude zu verbergen. Endlich lernt auch sie die Kehrseiten der Ehe kennen.

Sie ist gerade mal ein Jahr verheiratet. Die Zeit der ersten Verliebtheit ist vorbei. Und Alhadjis Drohungen lassen mich kalt. Von seinen Tobsuchtsanfällen kann ich ein Lied singen – von seinen Launen auch.

Etwas später kommt Alhadji mit zwei Angestellten in meine Wohnung. Er fordert mich auf, hinauszugehen. Gemeinsam stellen sie alles auf den Kopf. Unter seinem Inquisitorenblick heben sie die Teppiche, suchen sie die Decke ab, zerren sie die Kleidung aus den Schränken, inspizieren sie jeden Gegenstand vor den Augen der geschockten Kinder. Ich bleibe ruhig.

Dann tun sie dasselbe bei Ramla. Sie finden nichts – was die Wut unseres Mannes nur noch steigert. Er ruft uns erneut zu sich.

Ramlas Augen sind rot vom vielen Weinen. Sie wirkt völlig erschüttert. Er schaut uns lange an, dann sagt er:

»Ich habe euch vertraut. Alle Männer in diesem Land verstecken ihr Vermögen vor ihren Frauen. Ich habe mein Bestes gegeben. Es hat euch nie an irgendetwas gefehlt. Wie könnt ihr mich nur bestehlen? Ich frage euch zum letzten Mal: Wer von euch hat das Geld genommen? Wenn eine von euch gesteht, verzeihe ich ihr. Doch wenn ihr weiter alles abstreitet, wird das schlimme Folgen haben, früher oder später komme ich euch auf die Schliche. Ich werde die Marabouts aufsuchen und die Polizei informieren, ich werde alles tun, um herauszufinden, wer von euch das war. Safira, komm mit.«

Er schließt sich mit mir im zweiten Salon ein.

»Und? Hast du mir etwas zu sagen?«

»Habe ich dich in den letzten zweiundzwanzig Jahren je bestohlen? Ist je etwas verschwunden, bevor du noch einmal geheiratet hast?«

»Nutz die Sache nicht aus, um mit mir abzurechnen! Es geht hier nicht um meine Heirat.«

»Du hast es doch schon gesagt: Ich bin eine Analphabetin. Ich spreche nicht mal gut genug Französisch, um nach Europa zu reisen. Was sollte ich mit diesen Euros? Wohin sollte ich damit? Wenn ich stehlen würde, würde ich nehmen, was ich kenne. *Ich* bin schließlich die Analphabetin. Ich kannte dieses Geld nicht einmal, bevor du davon gesprochen hast! Du solltest besser die zur Rede stellen, die in der Schule war und schlau genug ist, um nach Paris zu fliegen.«

Und damit drehe ich mich auf dem Absatz um.

Wie angewurzelt bleibt er stehen, mein Selbstbewusstsein und meine Kühnheit machen ihn sprachlos. Als ich den vorderen Salon erreiche, werfe ich Ramla spöttisch zu:

»Dein Mann erwartet dich im zweiten Salon!«

Je länger *unser* Mann versucht, uns geständig zu machen, desto wütender wird er, er tobt, donnert und droht uns – vergeblich. Ramla ist nicht bereit, auf den Koran zu schwören, ich erst recht nicht, und wir ziehen es beide eindeutig vor, uns Alhadjis Wut einzuhandeln statt die von Allah. Gegen Abend bestellt er uns in einem letzten Versuch noch einmal zu sich. Diesmal wird er nicht laut. Eingehend mustert er uns kalt. Sein verschlossenes Gesicht lässt nichts Gutes erahnen. Voller Angst nimmt Ramla auf einem möglichst weit entfernten Sofa Platz. Ihre Augenlider sind vom vielen Weinen so geschwollen, dass sie sie kaum offen halten kann. Alhadji lässt seinen vernichtenden Blick zwischen uns hin- und herwandern und nimmt uns weiter ins Verhör:

»Und, Safira? Hast du mir etwas zu sagen?«

»Nein.«

Ich sehe ihm direkt in die Augen.

»Was ist mit dir, Ramla?«, wendet er sich an meine Mitfrau.

Sie schweigt und bricht erneut in Tränen aus.

»Gut, dann verstoße ich euch beide. Ihr seid Komplizinnen. Ihr verschwört euch gegen mich, um mich zu bestehlen. Macht euch fertig, der Fahrer bringt euch sofort zu euren Familien zurück. Ich habe euch nichts mehr zu sagen. Ihr könnt gehen.«

Ramla protestiert nicht. Ohne ein Wort steht sie auf und geht in ihre Wohnung. Nicht einmal zehn Minuten später kommt sie wieder heraus und steigt ins Auto. Ich bleibe ruhig sitzen. Als meine Mitfrau weg ist, sieht mich Alhadji hart und verächtlich an:

»Ich habe gesagt, ich verstoße euch beide. Deine Mitfrau ist schon gegangen. Worauf wartest du? Verschwinde!«

»Du bist ungerecht! Du bist Milliardär und bist erst nach unserer Hochzeit so reich geworden. Als ich dich geheiratet habe, warst du ein einfacher, aber freundlicher Mann. Je größer der Betrag auf deinem Konto wurde, desto enger wurde dein Herz. Früher haben wir uns geliebt! Und dann hast du beschlossen, dass ich dir nicht mehr genug bin. Plötzlich brauchtest du eine gebildete Frau, ein junges Ding. Ich habe das alles mitgemacht. Und nun verdächtigst du mich, deine Euros gestohlen zu haben! Sechs Millionen Franc, Alhadji! Was sind für einen Milliardär sechs Millionen gegen zwanzig Jahre Ehe und Hingabe? Was sind sechs Millionen gegen sechs Kinder, die ich dir geschenkt habe? Was ist dieses Geld gegen das, was wir zusammen erlebt haben? Allein der Schmuck, den du mir im Laufe dieser Jahre geschenkt hast, ist mehr wert als sechs Millionen. Du kannst ihn haben, aber ich werde nicht gehen und meine Kinder im Stich lassen!«

Er sagt kein Wort. Ich stehe auf und gehe. Eine halbe Stunde später, als ich mit den Kindern gerade beim Abendessen sitze, kommt der Chauffeur in meine Wohnung.

»Da bin ich wieder, Hadja.«

»Ja, und?«

»Ich soll Ihnen von Alhadji ausrichten, dass … dass das Auto für Sie bereitsteht«, stammelt er peinlich berührt.

Ich gehorche, es geht um meine Würde. Wenn ich so abserviert werde, kann ich nicht bleiben.

Im Auto, das mich zum Haus meines Vaters bringen soll, überschlagen sich meine Gedanken. Ich habe mein Ziel erreicht. Ramla wurde verstoßen! Aber auch ich verbrenne mir dabei die Finger. Ich gehe, aber mein Ruf steht auf dem Spiel, und das ist viel schlimmer. Da sind meine Kinder, da ist meine Familie, die auf mich angewiesen ist … Der Chauffeur, der schon eine Weile nichts gesagt hat, kann seine Neugier nicht länger zurückhalten:

»Hadja, was ist passiert? Bitte entschuldigen Sie die Frage, aber ich verstehe es einfach nicht.«

»Ihm wurde Geld gestohlen, im Haus. Euros, und er beschuldigt uns. In zweiundzwanzig Jahren ist noch nie ein einziger Franc in unserem Haus verschwunden. Du kannst das bezeugen, Bakari! Du bist schon mindestens zehn Jahre hier.«

»Das stimmt, Hadja!«

»Er musste erst heiraten, damit so etwas passiert! Setz mich lieber bei seiner großen Schwester ab. Ihr Mann ist mein Onkel und eng mit Alhadji befreundet. Es ist vielleicht besser, wenn ich zuerst mit ihm rede.«

»Das ist eine gute Idee, Hadja. Aber sagen Sie Alhadji bitte nichts davon. Er hat mir befohlen, Sie beide zu Ihren Eltern zu bringen.«

»Das Haus meines Vaters liegt sowieso ganz in der Nähe. Er wird glauben, dass ich zu Fuß gekommen bin.«

Kaum dass ich das Zimmer meiner Schwägerin betreten habe, lasse ich mich weinend auf den Boden fallen. Ich weine über den

Schmerz der letzten Monate, ich weine über den Verrat meines Mannes und über seine Gleichgültigkeit. Nur wegen Geld hat er mich verstoßen! Als seine Schwester meine Tränen sieht, befürchtet sie gleich das Schlimmste und fängt selbst an zu weinen. Ängstlich fragt sie:

»Safira, was ist denn passiert? Ist es mein Bruder? Ist er tot? Eins von den Kindern? Was ist los? Sag doch was, bitte, quäl mich nicht!«

»Niemand ist tot. Außer mir. Außer meinem Herzen, das ist gebrochen. Alhadji hat mein Innerstes getötet.«

»Was ist denn so Schreckliches passiert?«

Sie steht auf und zieht die Vorhänge zu, um uns vor den neugierigen Blicken der Mitfrauen und von deren Kindern zu schützen. Sie schöpft Wasser aus dem *canari* neben ihr und reicht es mir:

»Hier, trink etwas, erfrische dein Herz und deine Seele. *Munyal*, Geduld, Safira! Für jedes Problem gibt es eine Lösung. Nur der Tod ist endgültig. Erzähl mir, was los ist.«

»Alhadji hat mich verstoßen.«

»Was? Was hast du denn getan, dass er dich verstößt?«

»Warum muss ich etwas getan haben? Warum sollte automatisch ich die Schuldige sein? Ich habe nichts getan! Übrigens hat er auch Ramla verstoßen.«

»Was? Euch beide? Ist er verrückt geworden?«

»So gut wie. Alhadji ist vor allem verrückt nach seinem Geld. Offenbar wurde er bestohlen. Er behauptet, von seinem Geld sei etwas verschwunden, und er macht uns dafür verantwortlich. Ich meine, du kennst mich. Ich habe in meinem ganzen Leben noch nichts gestohlen. Bakari hat er gesagt, er soll uns zu unseren Eltern fahren. Aber ich wollte zuerst zu euch. Schließlich ist Sali mein Onkel! Wenn mein Vater davon erfährt, wird er sehr wütend werden.«

»Das hast du richtig gemacht! Du warst schon immer eine kluge Frau. Selbst in solchen schweren Zeiten schützt du deine

Familie. Mein Gott, was ist bloß in meinen Bruder gefahren? Was für eine Schande! Wenn er schon dich nicht verschont, soll er wenigstens an seine Kinder denken und an meinen Ruf! Ich schäme mich vor deinem Onkel. Er macht am Ende noch mich für das würdelose Verhalten meines Bruders verantwortlich. Wenn man so enge Beziehungen zu seinen Verwandten hat, muss man auf alle Rücksicht nehmen! Oh mein Bruder! Du bringst auch mich noch ins Grab!«, stimmt sie in mein Klagen ein.

»Was soll ich tun, große Schwester? Es ist spät. Vielleicht sollte ich besser nach Hause gehen, also zu meinem Vater?!«

»Nein, bleib hier«, entgegnet sie bitter. »Vielleicht hat mein Bruder keinen *pulaaku* mehr, aber ich schon! Ich werde zu deinem Onkel gehen und dich dann nach Hause bringen! Zu deinem Mann und deinen Kindern. Es war richtig von dir, nicht zu deinen Eltern zu gehen. Sie wären entsetzt. So eine Schande! Geduld, Safira. So ist nun mal die Ehe. So ist nun mal die Polygamie. Ich leide auch darunter. Unsere letzte Mitfrau ist Kleptomanin!«

Mein Onkel fuhr mich in seinem Auto zurück und sprach lange mit Alhadji. Meine Schwägerin war entsetzt über das ganze Durcheinander in meiner Wohnung und half mir beim Aufräumen. Während sie mit anpackte, so gut sie konnte, schimpfte sie leise auf ihren Bruder. Sie ermahnte mich noch einmal, geduldig zu sein. Bevor sie ging, führte sie mich zu meinem Mann, der immer noch mit meinem Onkel ins Gespräch vertieft war. Sie setzte sich auf den Teppich, ich mich neben sie, und sie sagte:

»Alhadji, auch du musst dich in Geduld üben. Ich bin ehrlich schockiert über dein Verhalten.«

»Aber – sie haben mich bestohlen! Ich tue, was ich kann. Du weißt selbst, dass es ihnen an nichts fehlt. Sie haben mein Vertrauen missbraucht!«

»Trotzdem, du hast sehr vorschnell reagiert. Wie konntest du nur beide verstoßen?«

»Sie weigern sich, die Wahrheit zu sagen! Ich bin mir absolut sicher, dass sie das Geld genommen haben!«

»Dafür hast du aber keinen Beweis«, wirft mein Onkel ein.

»Wenn sie unschuldig sind, warum schwören sie dann nicht auf den Koran?«

»Auf den Koran? Bruder, bist du verrückt geworden?«, schreit meine Schwägerin entsetzt. »Wie kannst du von deinen Frauen verlangen, ihre Hand auf den Koran zu legen? Das kann unsere ganze Familie zerstören! Das kann dich, die Kinder, sogar mich kann das umbringen! So etwas kann großen Schaden anrichten, schreckliche Krankheiten verursachen, Unglück! Mein Bruder, das weißt du doch!«

»Als wir gesagt haben, das machen wir nicht, hat er uns vorgehalten, das würde nur unsere Schuld beweisen«, bemerke ich kalt.

»Mein Bruder, das kann doch nicht wahr sein! Wie kannst du wegen Geld solche Risiken eingehen und mit dem Koran spielen?«

»Und selbst wenn du Beweise hast, ist das noch lange kein Grund, sie zu verstoßen! Damit treibt man keine Spielchen! Von allen Dingen verachtet Allah Scheidungen am meisten, auch wenn sie erlaubt sind. Ein Hadith besagt, dass jede Scheidung Allahs Thron zum Wanken bringt. Nur in sehr ernsten Fällen sollte man an Verstoßung denken. Man sollte sie niemals leichtfertig aussprechen. Denn auch wenn ihr euch kurz darauf wieder versöhnt, kann eine Verstoßung nicht rückgängig gemacht werden. Mit der dritten ist es aus. Selbst wenn ihr euch dann noch liebt und wieder einigt, kann sie nicht mehr zurückgenommen werden. Alhadji, ist dir klar, dass du jede deiner Frauen schon einmal verstoßen hast, aus einer Laune heraus?«

»Ich war einfach außer mir vor Wut. Schließlich sind das nicht sechstausend Franc, sondern sechs Millionen! Aber es stimmt, das muss ich zugeben, Safira hat mir in all den Jahren, die wir zusammen sind, nie etwas gestohlen«, bemerkt Alhadji etwas sanfter.

Diese Worte waren wie Balsam für mein Herz und ich brach in Tränen aus. Nein, in all den Jahren hatte ich wirklich nie etwas gestohlen. Nur war ich diesmal nicht unschuldig. Aber größer als das Bedürfnis, dieses Geld zu besitzen, war der Wunsch gewesen, meine Mitfrau endlich loszuwerden. Ich hatte es nicht auf sie persönlich abgesehen, sondern auf sie als Rivalin. Auch mir gefiel nicht, was für ein Mensch aus mir geworden war. Aber hatte man mir die Wahl gelassen? Für den Bruchteil einer Sekunde drängte es mich, alles zu gestehen. Ihnen die Wahrheit ins Gesicht zu sagen. Ihnen von meiner Wut zu erzählen, ja sogar all die anderen, unbemerkt gebliebenen Diebstähle zu gestehen. Ich hätte ihnen gern erklärt, wozu ich all das Geld brauchte, ich wollte ihnen meine okkulten Praktiken gestehen. Doch mein Überlebensinstinkt ließ mich schweigen. Davon durfte nie jemand erfahren! Es ging um meine Ehre – und um mein Glück!

Meine Schwägerin schlug vor, Ramla zu holen, Alhadji nickte wortlos. Ich biss die Zähne zusammen. Die Sache war noch nicht ausgestanden. Als meine Schwägerin gegangen war und ich noch immer auf dem Teppich saß, sagte er freundlich zu mir:

»In Ordnung, Safira. Ich glaube an deine Unschuld. Weine nicht mehr. Geh zurück zu deinen Kindern.«

»Safira, ich rate dir, geduldiger zu sein«, fügte mein Onkel hinzu. »Es bringt nichts, zu weinen. *Munyal!* Du bist die *daadasaaré*. Gibt es ein Problem im Haus, wirst immer du zur Rechenschaft gezogen. Geduld, Safira! Geduld ist eine Pflanze mit bitterer Wurzel, aber ihre Früchte sind süß.«

»Das stimmt! Safira ist immer geduldig und eine gute Ehefrau gewesen. Sei nicht traurig, weil deine Sachen durcheinander und kaputt sind. Ich habe die Beherrschung verloren. Ich ersetze dir alles. Geh jetzt!«

Das Leben geht weiter. Ich nutze eine Reise nach Dubai, um einem Juwelier einen diskreten Besuch abzustatten und mit den zehntausend Euro in der Tasche genau den Schmuck nachzukaufen, den ich zu Geld gemacht hatte. Für Halima organisiere ich eine Reise nach Douala, damit sie das restliche Geld umtauschen und auf einem Bankkonto deponieren kann. Einem heimlichen Konto, versteht sich. Ich bin fest entschlossen, meine Pläne voranzubringen.

5

»Schnell, lass uns ins Zimmer gehen! Ich habe große Neuigkeiten für dich!«, verkündet Halima aufgeregt.

Meine Komplizin ist gerade durch die Tür gekommen und, ihrer Kleidung nach zu schließen, eben erst von einer Reise zurückgekehrt. Sie trägt einen hübschen Pagne aus leuchtendem Wachsprint, der gelb vom Staub und völlig zerknittert ist. Sie wirkt müde, strahlt aber übers ganze Gesicht. Leichtfüßig betritt sie den Flur. Sobald wir in meinem Zimmer sind, sperre ich die Tür hinter ihr zu.

»Wo warst du?«

»Na, in der Zentralafrikanischen Republik! Ich hab dir doch gesagt, dass ich meine Tante Zeinabou besuche. Sie schwärmt ja ständig von den Marabouts in ihrer Gegend, da musste ich mir selbst ein Bild machen. Ich kann dir aber jetzt schon verraten, dass sie unglaublich sind. Wären wir schon früher darauf gekommen, hätten sie uns sicher manche Sorgen und übermäßige Ausgaben erspart.«

»Im Ernst?«

»Wie gesagt, die sind unglaublich! Ich bin gerade erst aus dem Bus gestiegen und war noch nicht einmal zu Hause. Ich wollte dir sofort zeigen, was ich mitgebracht habe.«

»Erzähl schon!«

»Siehst du, du auch! Du hast es auch eilig. Eiliger als eine Turteltaube! Sagt man nicht, die Liebe sei lang wie eine endlose Straße, tief wie ein Brunnen, heiß wie Feuer und schmerzhaft wie ein Lanzenstich? Das muss es sein!«, spottet sie und lacht auf.

»Erzähl schon, statt zu philosophieren, ich höre!«

»Also, als ich nach zwei Tagen einer endlos langen Reise angekommen bin, habe ich mich erst mal ein paar Tage ausgeruht, dann bin ich mit Zeinabou zu dieser Person gegangen. Sie hatte mir erzählt, ihr Mann habe sie vor nicht einmal einem Jahr noch unglaublich verachtet. Er habe sich keine Zeit mehr für sie genommen, und alles an ihr habe ihn angewidert und geärgert. Sie sei bei mehreren Marabouts gewesen, habe Gebete gesprochen, aber nichts davon habe funktioniert – bis zu dem Tag, als eine ihrer Freundinnen, eine aus der Zentralafrikanischen Republik, Mitleid mit ihr bekam und ihre Hilfe anbot. Sie hat sie auch zu dem Wundertäter gebracht.«

»Übertreibst du nicht etwas?«

»Wenn du ihren Mann nur sehen könntest! Er folgt ihr mittlerweile wie ein treues Hündchen und weicht ihr nicht mehr von der Seite.«

»Wirklich?«

»Ich war doch dort! Ich habe es mit eigenen Augen gesehen! Und ich schwöre dir, einmal sagte sie, sie sei müde, da hat er sogar für sie gekocht!«

Ich war total baff. Ein zuvorkommender, liebender Mann – ja, so was gibt's! Aber ein Mann, der für dich kocht? Ich konnte es kaum glauben.

»Wirklich, ich schwöre es dir!«

»Und du bist sicher, dass du nicht übertreibst, wie sonst auch?«

Sie wirft mir einen gespielt empörten Blick zu und versucht ihr Kichern zu unterdrücken. Ich drängele weiter:

»Jetzt erzähl schon! Du warst also bei ihrem Wunderheiler?«

»Ja, man musste durch den Wald. Einen ganzen Tag lang durchs Gestrüpp. Übrigens, der Marabout ist eine Frau. Ihr Alter ist schwer zu schätzen, aber alt ist sie. So faltig und vertrocknet, dass man meinen könnte, sie würde jeden Moment sterben. Aber welche Güte und Zärtlichkeit sie ausstrahlt! Es heißt, sie sei von einer anderen Welt.«

»Einer anderen Welt?«

»Einer Parallelwelt sozusagen. In ihren besten Jahren, als sie verheiratet war und ein Kind hatte, hat sie sich im Sumpf ertränkt, und da ihr Körper nie gefunden wurde, hat man daraus geschlossen, dass ein Dschinn sie entführt haben musste. So etwas passiert oft. Alle waren überrascht, als sie dreißig Jahre später am selben Ort wieder aufgetaucht ist. Ihre ganze Familie war sich einig, dass sie es war. Sie hat also tatsächlich bei den Dschinnen gelebt und ist mit einzigartigen Fähigkeiten zurückgekehrt.«

»Und an solche Geschichten glaubst du?«

»Sie ist nicht die Erste, der so was passiert ist. Denk nur an Bappa Djidda! Du weißt schon, der Wahrsager am Stadtrand, von ihm heißt es auch, dass ein Dschinn ihn am Mayo Fergo entführt hat. Und er hat lange bei ihnen gelebt! Von dort hat er seine Hellseherei. Angeblich ist dieser Mayo von Geistern bewohnt, und jedes Jahr holt er sich ein Kind oder sogar mehrere. Aber das weißt du doch, oder?«

»Ja, stimmt. So heißt es zumindest. Und du hast sie also aufgesucht?«

»Du hättest sehen müssen, wo sie lebt! Mitten im Regenwald, aber Hunderte Menschen kommen zu ihr, und sie warten oft Wochen, wenn nicht sogar Monate auf einen Termin! Aber ich hatte Glück. Ihr war sofort klar, dass ich von sehr weit her gekommen war, und ich durfte direkt zu ihr.«

»Und?«

»In ihrer Höhle hört man das Echo von seltsamen Stimmen, und sie ist die Einzige, die sie verstehen kann. Ich hatte richtig Gänsehaut. Sie hat mir lauter Dinge für dich mitgegeben. Sie hat sehen können, dass du eine schlimme Zeit durchmachst. Sie vermutet, dass die Mutter deiner Mitfrau dich verflucht hat. Sie hat mir Mittel gegeben, mit denen du dich waschen sollst, aber, was noch viel wichtiger ist: In letzter Minute hat sie mir noch ein Geheimnis zugeflüstert. *Das Geheimnis der Frauen*, hat sie mir verraten. Eins, das man nur mit den engsten Freundinnen teilt. Sie hat es mir anvertraut, weil sie meinte, mein Herz sei rein und unsere Freundschaft stark und das gebe es selten. Also kurzum: Du kannst von Glück sagen, dass du mich hast!«

»Hör auf anzugeben und verrate mir endlich dieses tolle Geheimnis! Du spannst mich auf die Folter!«

Unglaubliche Hoffnung ergreift mich. Hat sie vielleicht wirklich gefunden, was ich brauche, um wieder zur Ruhe zu finden?

»Sie hat mir erklärt, du sollst erst alles Nötige tun, um dich zu reinigen, und dann das *Geheimnis der Frauen* anwenden. Es wird deinen Mann für immer an dich binden.«

»Und was ist das nun für ein Geheimnis?«

»Dazu komme ich jetzt. Jedes Mal, wenn du mit ihm geschlafen hast, musst du die Flüssigkeit aus deinem Intimbereich auffangen. Es ist die Mischung eurer beiden Sekrete. Wenn du eine bestimmte Rinde darin einweichst und deinen Mann anschließend davon trinken lässt, wird er für immer an dich gebunden sein. Er wird nie wieder eine andere Frau wollen. Selbst wenn er seine Verpflichtungen gegenüber deiner Mitfrau einhalten möchte, wird er an dich denken müssen, bevor er es tut. Wenn er überhaupt kann! Und selbst wenn ihr keinen Intimkontakt hattet, selbst wenn du keine Rinde mehr hast, dann lass ihn trotzdem deine Flüssigkeit trinken. Immer wieder!«

»Bitte was? Das gehört sich doch nicht!«

»Ach so? Na gut! Dann lass es eben! Madame hat offenbar Skrupel«, sagt sie streng. »Dann brauchst du aber auch nicht mehr zu jammern!«

»Hm … Andererseits habe ich wirklich nicht die Wahl!«

»Am besten fängst du gleich heute Abend an. Misch es in seine Soße, seinen Tee, sein Wasser. In alles, was er in den Mund nimmt.«

»Das Problem ist, dass er immer zusammen mit anderen Leuten isst, er trinkt vom gleichen Wasser und denselben Tee wie sie …«

»Na und? Pech gehabt! Dann trinken diese Leute halt auch Du-weißt-schon-was. Am Ende verlieben sie sich vielleicht alle in dich!«, zwinkert sie mir zu.

»Ja, ja. Oder sie verlieben sich noch mehr in ihn, von ihm trinken sie schließlich auch!«

»Ist doch egal! Selber schuld, wenn sie ständig bei den Reichen essen! Würden sie zu Hause bleiben und das Armeleuteessen schätzen, den *bôk'ko* ihrer Frauen, dann würde ihnen das erspart bleiben. Aber sie schämen sich ja nicht, ihre unterernährten Frauen und Kinder zurückzulassen und opulente Gerichte zu speisen, während ihr Nachwuchs im Elend verreckt. Sie werden bekommen, was sie verdienen.«

»Du bist aber auch ganz schön streng!«

»Glaub nur, ich sei streng. Da fällt mir ein, letztens hat mir jemand eine Geschichte über die *souka*, die Gefolgsmänner der Alhadjis, erzählt. Bei einer ihrer traditionellen Zusammenkünfte erzählte einer der reichen Alhadjis einmal lachend, er habe gehört, dass einer seiner Nachbarn schwanger sei. Alle nickten und gaben Alhadji recht, bis auf einen, der anmerkte, ein Mann könne doch gar nicht schwanger werden und die Information müsse falsch sein. Alhadji war gekränkt und warf den unverschämten Kerl hinaus. Der ging nach Hause, aber als er sein Elend nicht mehr aushielt, kam er eines Abends zurück zu Alhadjis Hof und verkündete ernst: ›Alhadji, es ist unglaublich, aber du hattest recht. Der Nachbar, von dem du sagtest, er sei *schwanger*, hat heute entbunden.‹ Und so erwarb er sich die Gunst seines Herrn zurück, der ihn von da an wieder in seinem *zawleru* duldete. Ich hab mich kaputtgelacht, als ich diese Geschichte gehört hab, sie hat mich an die Schmarotzer erinnert, die sich zu euch einladen.«

»Halima! Du übertreibst!«

»Was soll das heißen, ich übertreibe? Wie auch immer, es kann uns egal sein, ob diese Leute auch von dir trinken. Fang gleich heute Abend an. Ich bin schon so gut wie weg. Ich muss nach Hause. Und mein Mann kriegt dieselbe Behandlung, darauf kannst du Gift nehmen! Ich bitte dich, Safira, denk nach über das, was ich dir gesagt habe!«

»Natürlich werde ich darüber nachdenken!«

»Zwei Wochen hab ich mich abgequält! Stell dir vor: Ich wurde von Insekten gebissen, sogar von einem Skorpion! Ich bin mit Ungeziefer übersät, so lange war ich im Wald unterwegs. Ich habe Hunderte von Kilometern zurückgelegt!«

»Ich kann dir gar nicht genug danken. Mach dir keine Sorgen, ich werde alles befolgen. Versprochen.«

6

Ich war fest entschlossen, es diesmal zu schaffen. Ich musste es schaffen, ich musste meine Mitfrau loswerden. Aber mindestens genauso wichtig war mir inzwischen, eine gebildete Frau zu werden – wie sie! Ich hatte Alhadji angefleht, Lesen und Schreiben lernen zu dürfen, und er hatte mich ausgelacht, aber eingewilligt. Eine Lehrerin kam regelmäßig zu uns und gab mir jede Woche ein paar Stunden Unterricht. Ich war fleißig und ausdauernd. Jedes Mal, nachdem ich sie verabschiedet hatte, schrieb ich noch stundenlang Buchstaben und versuchte, die Wörter zu entziffern. Meine Kinder amüsierte das, gleichzeitig waren sie stolz und halfen mir, so gut sie konnten. Mit der Zeit wurde ich besser. Irgendwann konnte ich lesen und schreiben. Ich konnte mein Telefon benutzen und Nachrichten verschicken. All diese Fortschritte elektrisierten mich. Als Ramla auf die Idee kam, Fahrstunden zu nehmen, ergriff ich sofort die Gelegenheit und schloss mich ihr an. Alhadji willigte ein, unter der Bedingung, dass wir unsere Führerscheine nur im Notfall nutzen würden. Schließlich war es Aufgabe unseres Chauffeurs, uns herumzufahren. Obwohl ich an Ramla nichts Bestimmtes auszusetzen hatte, hasste ich sie nach wie vor und war wie besessen von meinem Wunsch, sie loszuwerden. Eine Mitfrau bleibt eine Mitfrau, selbst wenn sie freundlich und respektvoll ist. Eine Mitfrau ist keine Freundin – und schon gar keine Schwester. Das Lächeln einer Mitfrau ist reine Heuchelei. Ihre Freundschaft ist nur dazu da, einen einzulullen, damit sie dann umso härter zuschlagen kann. Ich blieb auf der Hut.

Und belegte sie weiterhin mit Flüchen. Außerdem tat ich alles in meiner Macht Stehende, um so viel wie möglich mit meinem Mann allein zu sein. Neben dem *Geheimnis der Frauen*, das Halima mir anvertraut hatte, mischte ich während meines *defande* regelmäßig Aphrodisiaka in seinen Tee, zu Beginn von Ramlas *defande* dagegen löste ich Schlafmittel in den Wasserflaschen auf, die in seinem Kühlschrank standen. Langsam, aber sicher entwickelte sich unser Liebesleben in die gewünschte Richtung. Heimlich sah ich mir in meinem Zimmer erotische Filme an und versuchte unauffällig, verführerischer und abenteuerlustiger zu werden. Ich kaufte bedenkenlos die verschiedensten Antifaltencremes aus Nigeria oder aus dem Tschad, die Frauen diskret von Tür zu Tür feilboten. Außerdem war ich ständig auf der Suche nach allen möglichen Kräutern und Zauberrinden, die seine Lust beleben sollten.

Und an Lust fehlte es ihm nicht! An jedem Abend meines *walaande* zerdrückte ich heimlich Viagra-Tabletten in seinem Glas. Ich sorgte dafür, dass ich ihn so erschöpft verließ, dass er zu Ramlas *walaande* am nächsten Tag zu nichts mehr imstande war. Mit der größten Unschuldsmiene erwies ich mich als gefährliche Konkurrentin und machte mir manchmal auch meine Kinder und die Angestellten zunutze, um meine Ziele zu erreichen. Ich spann ständig Intrigen gegen Ramla. Und scheute dabei vor nichts zurück. Ich streute Sand über ihr Grillfleisch und ins Mehl für den Couscous. Ich versalzte ihre Soße. Ich verteilte auch Sand unter den Laken des Ehebetts, wenn mein *walaande* zu Ende ging. Ich versteckte Seife und Toilettenpapier, verschmutzte die Handtücher, und Alhadji schimpfte, tobte und wütete gegen Ramla, die sich nicht zu verteidigen wusste. Sie kochte unschuldig weiter ihre Gerichte in der Küche, die ich in ihrer Anwesenheit nie aufsuchte, damit sie keinen Verdacht schöpfte. An Abenden, an denen ihr Essen ungenießbar war, wusste Alhadji natürlich, dass er jederzeit zu mir kommen konnte und dort Huhn und Süßigkeiten serviert bekommen würde. Meine Kinder nutzten die Gelegenheit, um ihn freudestrahlend mit Geschichten zu überhäufen, während meine Mitfrau sich wartend verzehrte. Ich gab den Angestellten Geld und machte ihnen alle möglichen Geschenke, um sie für mich zu gewinnen. Es war mir sogar gelungen, ein paar von Alhadjis Vertrauensleuten zu bestechen, damit sie sich auf meine Seite schlugen und sich heimlich gegen Ramla verbündeten.

Wie eine Spinne wob ich erbarmungslos mein Netz um meine unschuldige Mitfrau. Sie tappte jedes Mal in meine raffinierten Fallen und wurde anschließend von Alhadji zurechtgewiesen. Ich kannte ihn in- und auswendig und traf ihn an seinen Schwachstellen, da ich genau wusste, was ihn außer sich bringen würde. Folglich beschimpfte er sie ununterbrochen. Manchmal eilte ich ihr vorsichtig zu Hilfe. Aber ich gewann an Boden. Die Harmonie ihrer Beziehung schwand mit der wachsenden Verbundenheit, die ich zu ihm entwickelte. Ich machte mich hübsch, gönnte mir neue Pagnes. Ich wurde kühner in der Auswahl meiner Unterwäsche. In meiner Sinnlichkeit trug ich sogar mit Perlen bestickte Bauchketten. Ich kaufte immer gewagtere Negligés, und zu meiner großen Überraschung fand mein Mann Gefallen an alldem. Ich arbeitete dezent Strähnen oder Haarverlängerungen in meine regelmäßig neu geflochtenen Frisuren ein. Ich investierte in luxuriöse Cremes und Seifen und scheute nicht davor zurück, die neuesten Hautaufheller zu benutzen, um meine ohnehin schon helle Haut so weiß wie die von Ramla zu bleichen. Ich beschaffte mir die aromatischsten Räucherstäbchen und die teuersten Parfüms. Meine Fußsohlen und meine Nägel waren stets mit schwarzem Henna bemalt. Und meine Tätowierungen wurden regelmäßig mit neuen Mustern aufgefrischt. Ich wagte Motive an den ungewöhnlichsten Stellen. Am Kreuzbein, am Oberschenkel oder sogar an den Rundungen der Brust. Kokett ließ ich seine Initialen auf meine

Haut schreiben und schmeichelte damit seinem überdimensionalen Ego.

Während meines *defande* ließ ich seine Wohnung gründlich reinigen und das Bett mit Laken aus Seide oder feiner Baumwolle beziehen. Ich ließ ihm parfümierte Bäder ein und folgte ihm inzwischen bis ins Bad, wo ich fröhlich mit ihm plauderte, während ich ihm sanft mit einem Schwamm den Rücken schrubbte. Wenn er herauskam, rubbelte ich ihn trocken wie ein Kind, und jeden Abend massierte ich ihn ausgiebig mit einem anderen Öl. All diese Aufmerksamkeiten gefielen ihm, und das zeigte er mir auch. Wenn mein *defande* zu Ende ging, zog ich meine schönen Laken ab und ließ nur die alten zurück, die zuvor dort gewesen waren. Ich goss unbeobachtet Urin in die Ecken des Zimmers und ließ den widerlichen Gestank Alhadjis Sinne quälen. Ich wollte, dass er sehnsüchtig an meinen *defande* dachte und bedauerte, mich vorerst nicht sehen zu können.

Ramla wurde immer trauriger und glanzloser. Sie gab sich nicht mehr die geringste Mühe, und je mehr sie sich gehen ließ, desto verärgerter war ihr Mann. Ich spürte, dass das Duell bald entschieden sein würde, und genoss meinen nahenden Sieg bereits in vollen Zügen.

Von meinem Bruder habe ich mir mehrere SIM-Karten besorgen lassen. Denn ich bereite meinen letzten Schachzug vor. Den Gnadenstoß! Schon seit einiger Zeit rede ich Alhadji ein, Ramla könnte eine Affäre haben. Auch meine Komplizinnen machen Andeutungen, und allmählich wird er misstrauisch und überwacht seine Frau nun sehr genau. Ich beschließe daher, am Ende ihres *defande* zur Tat zu schreiten.

Um Mitternacht lege ich eine neue SIM-Karte in mein Telefon und rufe Ramla an. Als sie abhebt, schweige ich. Ich höre Alhadji fragen, wer dran ist. Ich habe es geschafft, ihr den *walaande* zu verderben, und freue mich, als ich Alhadji schimpfen höre.

Daraufhin rufe ich sie immer wieder während ihres *defande* an. Alhadji wird zunehmend gereizter. Und wenn sie beteuert, man habe sich gegen sie verschworen, sehen wir sie alle spöttisch an.

Eines Abends gehen Alhadji die Nerven durch. Er beschuldigt Ramla, einen Liebhaber zu haben, sie streitet es wie üblich ab und weint. Alhadji hatte bereits einen schlechten Tag auf dem Markt und braucht nun keinen weiteren Grund, um an die Decke zu gehen. Wutentbrannt beginnt er, heftig auf sie einzuschlagen, und drängt sie, auf der Stelle zu gestehen. Sie schreit, weint, schwört, dass sie unschuldig ist. Gereizt greift er unter ein Sofa, zieht ein langes Messer hervor und drückt es ihr drohend an die Kehle:

»Hör mir gut zu, du kleine Schlampe, du gibst das jetzt zu. Wer ist der Mann, der dich anruft? Haltet ihr mich zum Narren, oder was? Ist es der kleine Gauner, der dich heiraten wollte? Wenn du mir nicht die Wahrheit sagst, schneide ich dir die Kehle durch, und dafür komm ich nicht einmal in den Knast, glaub mir! In diesem Land haben die Reichen immer recht. Sag endlich die Wahrheit!«

Starr vor Schreck stammelt die junge Frau:

»Ich schwöre dir, dass ich dich nicht betrüge. Ich schwöre es dir auf den Koran.«

Er brüllt so laut, dass das ganze Haus ihn hört und den Atem anhält. Mir schwant, dass ich diesmal zu weit gegangen bin. Wenn er sie umbringt, überlebe auch ich das nicht. Von Schuldgefühlen geplagt, stürme ich aus meiner Wohnung. Harouna, einer von Alhadjis Handlangern, der hier wohnt, ist auch aufgestanden und geht hilflos auf der Veranda auf und ab. Als er mich sieht, wirkt er erleichtert.

»Hadja, wenn wir nichts tun, bringt er sie um!«

Ich stoße, ohne zu klopfen, die Hintertür auf, Harouna folgt mir. Mein Herz rast wie verrückt, ich zittere vor Entsetzen. Ramlas panische Stimme geht uns durch Mark und Bein, ein Blutstropfen läuft ihr den Hals herunter:

»Ich schwöre auf den Koran. Du kannst ihn holen und ich werde ihn berühren.«

»Du legst die Hand auf den Koran und schwörst? Ich bring dich sonst um!«

Ich gehe dazwischen, als er den Koran aus dem Regal holt.

»Alhadji, tu das nicht!«

»Misch dich da nicht ein oder ich bringe dich gleich mit um!«, ruft er tobend und richtet das Messer auf mich.

Während er mich auf Distanz hält, dreht er sich wieder zu Ramla und hält ihr das Buch hin:

»Hier, schwör!«

»Ich schwöre im Namen Allahs und seines Propheten, dass ich dich nie betrogen habe«, sagt Ramla zitternd, die Hand auf den Koran gelegt.

»Weiter!«, fordert Alhadji mit blutunterlaufenen Augen. »Du sollst nicht nur schwören, dass du es nicht getan hast, sondern auch, dass du es nie tun wirst.«

»Ich schwöre, dass ich dich nie betrügen werde … solange ich deine Frau bin«, fügt Ramla, die Hand auf dem heiligen Buch, noch im letzten Moment hinzu.

Harouna, der die ganze Zeit nichts gesagt hat, macht ein paar Schritte auf ihn zu:

»Alhadji, sie hat geschworen. Lass sie jetzt in Ruhe. Wenn jemand auf den Koran schwört, gibt es nichts mehr zu sagen. Lass sie mit Allah allein. Selbst wenn du sie auf frischer Tat ertappt hättest, könntest du jetzt nichts mehr tun und müsstest sie beim Wort nehmen.«

Und voller Mitgefühl für Ramla, die zittert und mit den Zähnen klappert, sage ich noch:

»Ja, Alhadji, erlaube ihr, heute Abend in ihrer Wohnung zu bleiben.«

Er lässt das Messer fallen und sinkt auf den nächsten Sessel. Harouna nimmt die Waffe an sich und steckt sie in ihr Etui zurück. In dem Moment bemerke ich das viele Blut unter Ramlas Pagne. Ich schreie erschrocken:

»Ramla, bist du verletzt? Du blutest! Mein Gott, Ramla, du blutest!«

Eine Blutlache breitet sich bereits zu ihren Füßen aus, aber die junge Frau reagiert nicht. Sie hat noch immer Schüttelfrost, wie im Fieber. Alhadji mustert sie kalt und herrscht sie an:

»Du machst den Teppich dreckig, und wegen dir ist der Sessel hin, der hat ein Vermögen gekostet! Dumme Gans! Was ist das? Deine Tage? Steh sofort auf und verschwinde!«

»Ich schaff es nicht«, flüstert Ramla panisch. »Ich schaff es nicht, Safira!«

»Du machst das ganze Zimmer schmutzig! So ein Mist!«, flucht Alhadji wütend. »So ein Elend, dieses Mädchen!«

»Schon gut, Alhadji. Mach dir keine Sorgen. Wir machen das sauber«, sage ich, um angesichts seiner erneut auflammenden Wut Zeit zu gewinnen. »Ramla, komm, steh auf!«

Und ich richte sie mühelos auf.

Wir haben die Nacht im Krankenhaus verbracht. Ich habe bei Ramla gewacht, bis ihre Mutter mich am nächsten Morgen abgelöst hat. Die Aufregung und ihre Panik haben eine Fehlgeburt bewirkt. Am frühen Morgen lassen die Schmerzen, die sie gefesselt haben, etwas nach und sie richtet sich mühsam im Bett auf. Ich kann nicht schlafen, mein Gewissen quält mich. Ich bin schwanger, und Ramla, von der ich nicht gewusst habe, dass auch sie es ist, hat gerade wegen mir ihr Kind verloren. Ich fühle mich schrecklich schuldig.

Ich bin zu weit gegangen mit meinen Angriffen. Ramla bittet mich kaum hörbar um Wasser und ich eile herbei, um es ihr zu reichen. Eine trügerische Ruhe herrscht in diesem Teil des Krankenhauses, das den luxuriösen Einzelzimmern vorbehalten ist. Ich flüstere traurig:

»Es tut mir so leid, dass du dein Baby verloren hast. Mach dir keine Sorgen, du wirst bestimmt bald wieder schwanger werden.«

»Wer sagt denn, dass ich ein Kind will? Mir brauchst du nichts vorzumachen, Safira! Wir sind unter uns. Lass uns endlich einmal ehrlich zueinander sein. Ich danke dir, dass du mir gestern Abend geholfen hast, aber ich weiß, dass du mich hasst. Ich weiß, dass du alles Mögliche unternommen hast, um mir zu schaden. Ich weiß von deinen Intrigen. Warum? Ich habe dir nie etwas getan. Ich habe versucht, dich zu respektieren und deine Freundin zu sein. Warum?«

»Aber ich hasse nicht *dich*, Ramla!«, gebe ich ehrlich zurück. »Es ist nur die Frau meines Mannes, die ich hasse. Es ist die Polygamie, die ich …«

»Ich habe nie darum gebeten, deine Mitfrau zu sein!«

»Als du eingewilligt hast, seine Frau zu werden, hast du auch eingewilligt, meine Rivalin zu sein.«

»Wer sagt denn, dass ich seine Frau werden wollte?«

»Was meinst du damit? Ich habe so viel über dich gehört. Sie haben mir sogar erzählt, dass du vorhattest, mir meinen Platz wegzunehmen. Dass du froh warst, ihn endlich verführt und überredet zu haben, dich zu heiraten, ihn, der immer monogam war!«

»Man hat dir vieles erzählt, aber nicht die Wahrheit! Wenn du wüsstest …«

»Was meinst du?«

»Ich werde dir ein Geheimnis verraten, auch wenn du es vielleicht gegen mich verwenden wirst. Ich wollte ihn nicht heiraten.«

»Einen Mann wie ihn wolltest du zurückweisen?«

»Ich wollte meinen Verlobten heiraten. Ihm wurde zuerst meine Hand versprochen und ich habe ihn geliebt. Wir hatten Träume, Zukunftspläne.«

»Du hattest einen Freund?«

»Ja, siehst du! Diese Hochzeit hat mir genau wie dir das Herz gebrochen. Ich bin auch nur ein Opfer, genau wie du. Ich bin nicht mehr als eine Laune für ihn. Er hat mich kaum gesehen und schon beschlossen, dass ich ihm gehören würde, egal, wie ich darüber dachte. Auch meine Eltern haben keine Rücksicht auf meine Gefühle genommen und meine Verzweiflung ignoriert. Ich habe es mir nicht ausgesucht, deine Rivalin zu sein oder dir deinen Mann wegzunehmen.«

»Das wusste ich nicht. Es tut mir so leid. Aber weißt du, du bist noch jung und …«

»Ich bin nicht mehr jung. Meine Jugend wurde mir geraubt. Und meine Unschuld auch.«

»Mir auch.«

Eine bedrückende Stille macht sich breit, beide sind wir mit dem eigenen Schmerz beschäftigt. Zum ersten Mal hat mir meine Mitfrau ihr Herz geöffnet und ich sehe eine aufrichtige, verletzte junge Frau vor mir. Ich breche das Schweigen.

»Ich habe mich geirrt, Ramla. Verzeih mir!«

»Das ist nicht schlimm.«

»Ich werde es niemandem verraten, erst recht nicht Alhadji, das schwör ich dir.«

»Das ist mir jetzt auch egal. Ich will sowieso nicht mehr hier sein.«

»Sag so etwas nicht. Alhadji ist nicht so böse, wie du glaubst. Man muss nur wissen, wie man ihn zu nehmen hat.«

»Wozu? Er ist nicht böse? Vielleicht zu dir nicht. Du liebst ihn. Du hast Kinder, du hältst das aus …«

Der geräuschvolle Auftritt ihrer Mutter und ihrer Tante bereitet unserer Unterhaltung ein jähes Ende. Als die beiden fragen, was passiert sei, antwortet Ramla, sie sei auf der Treppe gestürzt und habe dadurch ihr Kind verloren. Sie wirft mir einen Blick zu, der mir verbietet, dem etwas hinzuzufügen. Ich nicke zustimmend und nehme schweigend die warmen Worte ihrer Mutter entgegen, die sich für meine Hilfe bedankt.

Während Ramlas Krankenhausaufenthalt besuchte Alhadji sie kein einziges Mal. Als sie wieder nach Hause kam, tat er, als sei sie nicht da. Während der vierzig Tage, die ihre Genesung dauern sollte, betrat er kein einziges Mal ihre Wohnung. Während dieser Zeit musste ich meinen Mann nicht teilen, es war, als wäre seine zweite Heirat nur ein kurzes Zwischenspiel gewesen. Aber Ramla war immer noch da. Als es ihr besser ging, nahm sie ihren *defande* wieder auf. Ihr Onkel Hayatou hatte Alhadji zu mehr Geduld ermahnt und von seiner Nichte verlangt, sie solle sich in seinem Haus besser benehmen. Und er hatte den Wunsch geäußert, so etwas möge nie wieder vorkommen.

7

»Sie ist weg!«

»Was?«

»Heute Nacht«, überschlägt sich mein Dienstmädchen aufgeregt. »Anscheinend konnte sie nachts die Wächter besser täuschen.«

Ich sitze gerade beim Frühstück. Gestern war mein *defande* und ich habe kaum geschlafen. Fassungslos starre ich das junge Mädchen an und kann dieser Nachricht, die meinem Wahn ein Ende setzt, kaum glauben. Mein Herz schlägt schneller.

»Sie ist heute Nacht weggelaufen und ihre ganzen Sachen sind noch da«, berichtet das Mädchen weiter. »Angeblich hat sie einen Brief für Alhadji dagelassen.«

»Bist du sicher? Wer hat dir das erzählt?«

»Sie ist wirklich weg, Hadja. Und Alhadji ist sehr wütend! Er hat die beiden Nachtwächter rausgeworfen. Einer von ihnen ist mein Cousin.«

Ramla ist weg, mein sehnlichster Wunsch ist in Erfüllung gegangen. Warum dann dieser Stich im Herzen? Warum das plötzliche Bedürfnis, zu weinen? Warum das Gefühl, eine Vertraute verloren zu haben? Ich habe doch alles dafür getan, dass sie geht! Doch jetzt, da sie es gewagt hat, fühle ich mich mit einem Mal ernüchtert und erschöpft. Ich antworte dem Dienstmädchen nicht. Mechanisch stehe ich auf, lasse das Essen stehen und gehe zu Ramlas Wohnung. Ich muss mit eigenen Augen sehen, dass meine

Mitfrau nicht mehr da ist. In ihrer Wohnung ist alles wie immer. Der Salon ist blitzblank. Sie hat nichts mitgenommen, kein einziges Möbel umgestellt. Es fehlen nur ein paar Kleidungsstücke im Schrank. Alles ist an seinem Platz. Die Parfümflaschen, die Frauenmagazine, die sie so gerne las, ihre CDs, alles ist da, nur ihr Computer fehlt. Wann hat sie sich dazu entschlossen? Wo ist sie hin?

Ich denke an gestern Abend zurück, sie hat mich besucht und ist lange geblieben. Nichts in ihrem Verhalten hat ihre Absichten verraten. Nichts hat ihre Entschlossenheit erahnen lassen. Seit dem Vorfall und unseren gegenseitigen Geständnissen im Krankenhaus war eine Freundschaft zwischen uns entstanden.

Alhadji sitzt allein in seinem Salon, nippt an seinem Tee, spielt mit der Fernbedienung und zappt zwischen den Programmen hin und her. Als ich den Raum betrete, hebt er kaum den Blick. Ich setze mich mit einigem Abstand zu ihm und warte. Er schaut weiter an mir vorbei, sein Gesicht ist verschlossen.

Irgendwann breche ich das Schweigen:

»Ramla ist angeblich weg.«

»Ist mir bekannt.«

»Wo ist sie hin?«

»Zur Hölle, hoffe ich«, antwortet er ausdruckslos, den Blick noch immer auf den Bildschirm geheftet.

»Vielleicht ist sie einfach nur verärgert. Sie ist bestimmt zu ihren Eltern gegangen oder bei einer Freundin untergekommen. Habt ihr schon wieder gestritten?«

Insgeheim hoffe ich, dass es so ist und sich alles bald klärt. Endlich sieht er mich an und fragt streng:

»Was geht dich das an, Safira? Du solltest froh sein, oder? Deine Mitfrau ist weg. Jetzt bist du wieder allein. Also hör auf, mir auf die Nerven zu gehen!«

»Ich will nicht, dass sie geht. Verzeih ihr, Alhadji! Du musst verstehen, sie ist noch jung und naiv. Wir müssen sie suchen. Sie ist bestimmt nicht weit!«

»Sie ist nicht deine Frau! Bis zum Beweis des Gegenteils ist sie meine. Ich treffe hier die Entscheidungen. Du kennst mich schlecht, wenn du glaubst, sie kann wiederkommen. Wenn meine Frau mein Haus verlässt, hat sie die Chance verspielt, es noch einmal zu betreten. Aber freu dich nicht zu früh. Eine andere wird sie bald ersetzen«, fügt er gehässig hinzu, um mich zu verletzen.

Ich übergehe seine letzten Worte und denke an Ramla, die ich so gequält habe. Ihre Abwesenheit lastet schon jetzt auf mir.

»Gib ihr noch eine letzte Chance. Sie ist ein gutes Mädchen.«

»Bleib an deinem Platz. Du bist eine Ehefrau, mehr nicht. Es ist nicht deine Aufgabe, deine Mitfrauen zu verteidigen. Bleib an deinem Platz, wenn nicht auch du ihn verlieren willst!«

»Ich liebe sie.«

»Ich habe sie zu lieben, nicht du. Das beweist nur noch mehr, dass sie es nicht wert ist. Wäre sie der Sache gewachsen gewesen, würde ihre Mitfrau sie bestimmt nicht lieben.«

Er wendet den Blick von mir, greift nach seinem Telefon, ruft seinen Assistenten an und befiehlt:

»Bachirou, bist du im Büro? Ich komme gleich. Schreib mit: Ich brauche sofort einen Verstoßungsbrief für meine zweite Frau Ramla, Tochter von Alhadji Boubakari. Adressiere den Brief an ihren Vater. Sag ihm, ich gebe seiner Tochter, die freiwillig gegangen ist, ihre Freiheit zurück. Ich verstoße sie. Teile ihm mein Bedauern mit, aber gib ihm zu verstehen, dass das Schicksal und der Wille Allahs, des Allmächtigen, so entschieden haben. Versichere ihm meine Achtung und Freundschaft. Dank ihm dafür, dass er mir die Hand seiner Tochter gegeben hat. Sag ihm, er soll noch heute Abend seine Leute schicken, damit sie Ramlas

Wohnung ausräumen. Mach den Brief gleich fertig. Ich komme vorbei, um ihn zu unterschreiben, dann kannst du ihn mit Bakari als zweitem Zeugen überbringen.«

Während er den Verstoßungsbrief diktiert, füllen sich meine Augen mit Tränen. Ohne mich anzusehen, ruft er seinen Chauffeur und verlässt gelassen den Raum.

Ramla hatte sich noch vor Morgengrauen auf den Weg gemacht. Sie hatte die Gefahren der Nacht in Kauf genommen und war in der Landschaft verschwunden. In den folgenden Wochen wurde ihre Flucht zum Nährboden für alle möglichen Gerüchte. Es hieß, sie habe übers Internet schon seit Monaten engen Kontakt zu ihrem Bruder Amadou gehabt, der seit längerem in der Hauptstadt arbeitete, sowie zu ihrem Ex-Verlobten. Außerdem habe sie heimlich Fernunterricht genommen. Sie habe all ihren Goldschmuck eingepackt und sei nun in Yaoundé bei ihrem Bruder.

Jedes Gerücht entfachte Alhadjis Wut aufs Neue. Andererseits war er froh, eine so schlechte Ehefrau los zu sein. Ich trug meine Trauer und meine Schuld mit mir herum. Gleichzeitig genoss ich es, meine Ehre wiederhergestellt zu sehen. Ich hatte gekämpft und hatte gewonnen. Zumindest diesen Kampf. Es gab mir Selbstbewusstsein und Hoffnung für die Zukunft zurück. Ich hatte die Erfahrung der Polygamie gemacht und hatte sie erhobenen Hauptes durchgestanden. Ich hatte keine Angst mehr davor, dass er noch einmal heiraten würde. Das, was mich vor ein paar Jahren noch so gequält hatte, war zu etwas Banalem geworden. Eine Randnotiz in meinem Eheleben und meinem Leben allgemein. Ich war sicher, dass sich die immer gleichen Szenarien endlos wiederholen würden. Er würde wieder heiraten und mich in der ersten Zeit ignorieren. Ich würde das Übel mit Geduld angehen und das Ende der Verliebtheit abwarten. Und wenn der Reiz des Unbekannten verflogen wäre, würde er jegliches Interesse an der

Neuen verlieren. Dafür würde ich schon sorgen. Er würde zu mir zurückkommen, zumindest bis zum nächsten Mal. Ich blieb nicht nur aus Liebe, sondern auch, um meine Kinder zu schützen und frei von finanziellen Sorgen zu leben. Das war Grund genug, um meinen Platz hartnäckig zu verteidigen.

Alhadji hat Ramlas Zimmer neu streichen lassen. Er wuselt zwischen den Handwerkern herum, gibt ununterbrochen Anweisungen und lässt sie von Neuem beginnen, wenn ihm etwas nicht passt. Ich kenne diesen selbstgefälligen Ausdruck in seinem Gesicht. Ich weiß, was seine Gleichgültigkeit mir gegenüber bedeutet, seine Hektik bei jedem Telefonanruf, sein Argwohn, wenn ich in seiner Nähe bin, seine immer verletzenderen Worte. Mir fällt seine neue Vitalität, seine Entschlossenheit auf. Alhadji plant seine nächste Hochzeit, und wie schon beim letzten Mal werden es Gerüchte sein, durch die ich es erfahre. Durch sie werde ich das Hochzeitsdatum, den Namen der Versprochenen, den ihrer Angehörigen und ihren sozialen Status erfahren. Aber anders als beim letzten Mal bewahre ich die Ruhe. Ja, sie kommt, aber wie lange wird sie bleiben? Wie lange wird sie durchhalten? Ich bin mir meiner selbst und meiner Position mittlerweile sicher. Ich werde nie zulassen, dass man sie mir nimmt. Ich bleibe gelassen. Wer auch immer kommen mag, ich werde kämpfen. Was auch immer ihre Waffen sein mögen, ich werde die Schlacht wieder gewinnen. Meine Schuldgefühle gegenüber Ramla sind schnell der Schadenfreude gegenüber all jenen gewichen, denen Alhadjis Bekehrung zur Polygamie so viel Vergnügen bereitet hat. Auch wenn seine Heirat mit Ramla mich zum Gespött gemacht hat, wird nun jede weitere Heirat nur noch eine fahle Kopie der vorherigen sein.

Was auch immer passiert, ich bin die *daada-saaré*. Niemand wird je meinen Platz einnehmen können. Heute Abend bin ich wie eine Braut geschmückt. Ich habe meine Henna-Bemalungen auffrischen lassen und nach den extravagantesten Motiven verlangt. Ich habe Goldschmuck angelegt und bin in Pagnes aus feiner Seide gehüllt. Der Tag ist festlich gewesen. Ich habe mit meinen Freundinnen geplaudert und gelacht, wissende Blicke mit meiner Schwägerin und meiner Mutter getauscht und meinen Bruder und Halima schon zu meinen Lieblingsmarabouts geschickt. Kräuter, *gaadé* und Liebestränke stehen heimlich im obersten Fach meines Schranks bereit. Lächelnd höre ich mir abermals die Ratschläge der Frauen meiner Familie an, die sie zum Umgang mit der neuen Braut herunterbeten, einer Braut, die unverfrorener wirkt als die letzte und mir schon jetzt vernichtende Blicke zuwirft.

»Sie ist deine Schwester, die Jüngere, deine Tochter. Deine Aufgabe ist es, sie zu erziehen und ihr Ratschläge zu erteilen. Du bist die *daada-saaré*, das Rückgrat des Hauses. Safira! Du bleibst die *daada-saaré*, *jiddere-saaré*. Und vergiss nicht: *munyal*, Geduld!«

Die Veröffentlichung dieses Romans in Frankreich wurde durch Catherine Roger und Françoise Fernandes von der Fondation Orange ermöglicht. Ihnen gilt mein erster Dank für ihren Einsatz und ihren Enthusiasmus.

Mein aufrichtiger Dank geht an Emmanuelle Collas, die mich in ihrem Verlag aufgenommen hat und mir bei der Arbeit an dieser neuen Ausgabe zur Seite stand.

Ich danke Sophie Bagur, France und Justine Collas und Estelle Roche.

Ich danke auch François Nkémé dafür, dass er die Umsetzung dieses Vorhabens erleichtert hat.

Schließlich möchte ich mich bei meinem Mann Hamadou Baba bedanken, der mich bei meiner literarischen Arbeit stets ermutigt und dessen wertvolle Unterstützung zur Entstehung dieses Romans beigetragen hat.

Die Arbeit der Übersetzerin am vorliegenden Text wurde vom Deutschen Übersetzerfonds gefördert. Die Übersetzerin bedankt sich sehr herzlich bei Claudia Hamm und dem Fonds für die Unterstützung!

Amadou Amal

Djaïli Amadou Amal, Autorin und Frauenrechtsaktivistin, wurde als muslimische Fulbe mit 17 Jahren zwangsverheiratet und hat alle Tiefen und Formen der Unterdrückung einer Frau aus der Sahelzone durchlebt. 2012 gründete sie die Vereinigung »Femmes du Sahel«, die sich für die Bildung von Frauen und gegen geschlechtsspezifische Gewalt einsetzt. Die ungeduldigen Frauen wurde 2019 mit dem Prix Orange du Livre en Afrique und 2020 mit dem Prix Goncourt des lycéens ausgezeichnet. Das Buch ist inzwischen in über 20 Sprachen übersetzt. In Frankreich 2021 zur Autorin des Jahres gewählt, erhielt sie 2022 die Ehrendoktorwürde der Sorbonne. Djaïli Amadou Amal gilt als eine der wichtigsten Schriftstellerinnen Kameruns.